AF619945

Cosimo La Gioia

L'ASCENSORE
E ALTRI RACCONTI

Revisione del testo a cura di

Lorena Caccamo
Facebook: LoreCa Servizi Editoriali
email: loreservizieditoriali@gmail.com

Sede legale: via degli Imbimbo 8/E
Sede operativa: via Luigi Amabile 42
83100 Avellino
tel. 340/6862179
e-mail: terebinto.edizioni@gmail.com
www.ilterebintoedizioni.it

INDICE

CHI CE L'HA?

Quel sabato mattina, Furio Nordio dormì fino a tardi. Appena sveglio, dedicò il suo primo pensiero a Stella, la compagna. Poi si alzò senza nemmeno guardare l'orologio, sapendo che le nove erano passate. Si rinfrescò nel bagno e si diresse in cucina per prepararsi la colazione: caffè e pane tostato con burro e marmellata di arance. La moka emise il suo sibilo familiare e Furio ne versò metà contenuto in una tazzina decorata a mano, ricordo della costa amalfitana. Portò tutto in soggiorno, accese la radio e si sedette a tavola. Si aspettava di ascoltare una delle sue trasmissioni musicali preferite su Radio Capodistria. Invece l'altoparlante stava diffondendo una specie di giornale radio. Furio si accorse che non era un notiziario abituale, quanto piuttosto un comunicato:

"*... e si sta diffondendo in fretta. Si raccomanda in ogni caso la massima prudenza quando si esce all'esterno. Fine del bollettino straordinario.*"

La radio emetteva adesso l'inconfondibile attacco di *Jive Talking'* dei Bee Gees, ma Furio era caduto in una sorta di trance e non percepiva la musica. Si riscosse dopo qualche secondo, angosciato, e provò a fare mente locale. Non stava sognando, purtroppo. Era una notizia agghiacciante, ma il comunicato era stato troppo vago o forse lui aveva perso troppe informazioni. Doveva saperne di più. Alle 10:00 sarebbe stato trasmesso il GR1 flash. Non era una lunga attesa, meno di mezz'ora. Consumò la colazione cercando di restare calmo.

Due minuti prima delle 10:00 si sintonizzò sulla RAI, ancora una breve attesa e sarebbe partita la sigla. Ascoltò il notiziario condensato. Nulla! Ma com'era possibile? Spense la radio con rabbia, tanto che rischiò di rompere la manopola.

Che stava succedendo? Una radio in lingua italiana della vicina Jugoslavia informava il pubblico di una potenziale catastrofe e la radio italiana invece la nascondeva? Ci rifletté un attimo: la spiegazione più plausibile era che le autorità nazionali volessero dare informazioni precise alla popolazione, ma non erano ancora pronte.

Rimaneva il fatto che lui doveva saperne di più, e quanto prima, per potersi difendere al meglio. Di sicuro nessun giornale italiano riportava già la notizia, ma forse… forse qualche giornale straniero. Doveva andare fino all'edicola internazionale della Stazione Centrale. Ah no, avrebbe trovato solo i quotidiani stranieri del giorno prima, non aveva senso.

Avrebbe potuto aspettare il successivo notiziario di Radio Capodistria, ma solo alcune delle trasmissioni erano in italiano, lui di sloveno non capiva nulla, e non sapeva se quel giorno ci sarebbe stato un notiziario in italiano.

Rifletté più a fondo. L'imperativo numero uno era che non la prendesse anche lui, qualsiasi cosa fosse. Si stava propagando in fretta, doveva quindi evitare i contatti ravvicinati con altre persone. Quel fine settimana non sarebbe andato a trovare i genitori e la sorella, che abitavano a Sistiana, perché la sua auto era in officina. Questo gli facilitava il compito.

D'un tratto il suo volto si illuminò di un sorriso. Furio aveva una vera mania per segreti e complotti, e quando credeva di aver scoperto qualcosa di sconosciuto ai più amava tenerlo per sé e sentirsi depositario di una conoscenza esclusiva. E adesso aveva un vantaggio rispetto alla maggior parte della popolazione: lui sapeva. E non ce l'aveva neppure, non aveva il benché minimo sintomo di alcun tipo. Era nella condizione ideale.

Là fuori invece quasi nessuno sapeva ancora, né tra quelli che non ce l'avevano, né tra quelli che ce l'avevano. Di questo poteva essere sicuro: solo pochi nel Friuli-Venezia Giulia avevano ascoltato il comunicato di Radio Capodistria. E con tutta probabilità solo pochi altri di quelli che ce l'avevano sapevano di averla, avendo appreso la loro condizione da qualche esperto.

Chi era più pericoloso, tra chi ce l'aveva? Chi non lo sapeva, e continuava a comportarsi come sempre, senz'alcun accorgimento, spargendo quella cosa a destra e a manca? O chi lo sapeva? In realtà poteva supporre che la maggior parte di quelli che sapevano avrebbero fatto la massima attenzione nei riguardi del prossimo, rimanendo a casa o essendo già in cura. Ma ce n'era di certo anche qualcuno che l'avrebbe attaccata agli altri di proposito, per malvagità o per semplice frustrazione, essendosi convinto che non fosse giusto che quel destino toccasse solo a lui. Ecco, avrebbe dovuto osservare con attenzione i visi e i gesti delle persone che avrebbe incontrato, per carpire i segnali sospetti.

Il sabato era il giorno della settimana in cui faceva la spesa. Visto che doveva comunque uscire, decise di fare maggiori provviste per essere pronto se si fosse dovuto chiudere in casa nei giorni seguenti. Tirò fuori un foglio da un cassetto e compilò una lunga lista.

Richiuse la porta d'ingresso del suo bilocale. Abitava al terzo piano e di solito prendeva l'ascensore, ma quel giorno non poteva farlo. La cabina era piccola e sarebbe stata un perfetto focolaio di diffusione, nel caso qualcuno dei suoi vicini l'avesse avuta. S'incamminò giù per le scale.

Era quasi sceso di un piano, quando proprio in quel momento uscì il vicino di sotto. Non aveva un buon rapporto con lui, era arrogante e un po' misterioso. Fu l'altro a salutarlo per primo: – Buongiorno.

Arretrò di due gradini e, imbarazzato, rispose:

– Buongiorno, signor Predonzan.

– Ma che fa, torna su? – disse quello, ironico.

– Ho... dimenticato il portafoglio.

– Che strano, lei è una persona sempre così attenta. Beh, io vado dalla signora Novacco al quinto piano per chiederle se ha bisogno di qualcosa per la spesa.

– Prende l'ascensore allora?

– Sì, per scendere, ma adesso mi faccio qualche piano di scale. Sa, un po' di moto fa bene – e prese a salire la rampa.

Furio, terrorizzato, scattò di corsa verso su. Ma arrivato davanti alla porta di casa, agitato com'era, non riuscì a trovare subito la chiave. E Predonzan saliva rapido! Una frazione di secondo e Furio scattò di nuovo verso i piani superiori.

– Ma che fa, scappa? Ha paura di me? – ridacchiò il vicino.

Buttò lì una scusa senza nemmeno girarsi: – No, vado dalla signora Codia.

Meno male che il caseggiato aveva sei piani, poteva evitare quell'odiosa persona, seppur di poco. O l'avrebbe inseguito fin lassù? Una volta arrivato all'ultimo piano, chiamò l'ascensore per averlo pronto nel caso fosse dovuto scappare. Ma non fu necessario, sentì Predonzan entrare dalla Novacco e si precipitò giù per le scale.

Giunto al portone, premette il tasto d'apertura col gomito, tirò fuori dalle tasche dei jeans i guanti per afferrare la maniglia e uscì. Respirò alcune volte a pieni polmoni. Sarebbe stata una bella giornata, era il 31 luglio e faceva caldo. Si tolse i guanti prendendoli dal bordo e li rimise in tasca. Si sentiva ridicolo, ma per fortuna nessuno l'aveva visto.

Ripeté l'operazione anche per la porta esterna del condominio. Scese verso Via Fabio Severo e si diresse all'edicola sull'altro lato della strada. Lesse i titoli in prima pagina dei quotidiani esposti. Come immaginava, nulla di nulla.

Si distrasse un attimo solo con La Gazzetta dello Sport, era l'ultimo giorno di gare delle Olimpiadi di Montreal e l'argomento principale era ancora la superba vittoria di Klaus Dibiasi nei tuffi dalla piattaforma, quattro giorni prima. Lui era rimasto incollato alla televisione per seguire la seconda parte della gara. Che sfida mitica tra l'*Angelo Biondo*, al termine della sua carriera d'atleta, e il giovanissimo sfidante americano Greg Louganis. Il sedicenne era partito meglio, ma il vecchio re leone aveva tirato le ultime, grandissime zampate e aveva vinto con un punteggio record.

Tornò indietro verso Via Marconi: una via stretta, con marciapiedi striminziti nella parte alta. Cambiò lato della strada due volte per evitare i pedoni che stavano salendo. Giunse davanti alla sua panetteria abituale. Era un locale piccolo in un edificio d'epoca. Sbirciò dentro dalla vetrina e vide che era affollata. Troppo pericoloso entrare in quel momento, non avrebbe potuto mantenere le distanze. Si allontanò un po' e attese qualche minuto prima di tornare. C'era ancora troppa gente. Si allontanò di nuovo e si mise a osservare a distanza di sicurezza, spostandosi solo per evitare gli altri passanti. Ecco, quello era il momento, erano usciti molti clienti ed era entrata solo una signora anziana. Quando fu dentro, oltre a lui c'erano la signora che aveva appena visto e un ragazzo. Si scostò al passaggio di quest'ultimo. L'anziana fece diverse domande prima di decidere cosa ordinare e questo lo innervosì molto. Entrò una coppia. Maledizione, se fosse entrato ancora qualcuno avrebbe dovuto andarsene di corsa.

Finalmente, la donna aveva finito e si girò verso l'uscita. Ma proprio quando era solo a un metro da Furio esplose di colpo in uno starnuto incontrollato.

Furio scoppiò:

– Ma non può fare attenzione? Alla sua età non sa che deve coprirsi la bocca quando starnuta?

– Mi dispiace… mi è venuto all'improvviso.

– È venuto all'improvviso, sì, come se lei fosse una bambina. Lo sa o no che così diffonde tanti microbi nell'aria e magari fa ammalare qualcuno, eh, lo sa?

A quel punto intervenne la signora dietro: – Scusi, come si permette di trattare così una signora anziana? Credo proprio che dovrebbe chiederle scusa.

– Di che s'impiccia lei? Sto solo ricordando la buona educazione alla signora.

Al che l'uomo accanto: – Abbassi il tono, soprattutto quando parla a mia moglie, chiaro?

– Ma non sapete nulla voi?

– Sapere cosa? Di che parla?

E il panettiere: – Sì, di che parla, signor Nordio?

– Niente, niente, facevo così per dire. – Si morse la lingua, si era quasi tradito e in quel modo avrebbe perso il vantaggio che aveva sugli altri.

– Mi scusi, signora – disse rivolgendosi all'anziana. – Ho dormito male stanotte.

– Va bene, va bene. Ma non mi faccia più paura se ci incontriamo di nuovo.

Furio si fece servire e pagò con una banconota. Prima che il panettiere gli desse il resto, indossò il guanto della mano destra e prese le monete. Salutò e si avviò all'uscita badando a scansare la coppia. Immaginò che i due clienti e il negoziante avrebbero confabulato su di lui ma era meglio collezionare qualche brutta figura piuttosto che correre rischi.

L'obiettivo adesso era il supermercato nella parte alta di Via Coroneo. Riempì il carrello di tutto, guidandolo con continui zig-zag e frequenti inversioni di marcia per mantenere le distanze dagli altri clienti. Si avviò verso una delle tre casse. Aveva sperato di meglio, ma la coda era piuttosto lunga. Quelli erano momenti pericolosi e decise di mettere in pratica lo stratagemma che aveva escogitato. Prese dalla tasca il fazzoletto e se lo legò attorno al viso, badando a coprire naso e bocca. Ogni tanto fece finta di tossire. Si scusò con quelli che gli stavano avanti e quelli che gli stavano dietro, spiegando che aveva una forma influenzale. Furono così gli altri a mantenere le distanze da lui.

Si infilò i guanti prima di poggiare gli acquisti sul banco della cassa. Riuscì a compiere tutte le operazioni senza errori. La cassiera gli augurò una pronta guarigione e lui prese le sei buste di plastica che aveva riempito. In quel momento, si accorse di un signore che aveva già pagato e che lo stava fissando. Si avviò verso l'uscita con un po' d'impaccio, pensando per un attimo che forse aveva esagerato con le compere.

Una volta sul marciapiede, il signore lo interpellò da dietro: – Mi scusi.

Si voltò: – Sì?

E quello, a bruciapelo: – Lei ce l'ha, vero?

– Ce l'ha che cosa, scusi? – rispose Furio, sorpreso e inquieto.

– Lo sa bene.

– Ah, anche lei sa, dunque.

– Certo che lo so. Allora, ce l'ha?

– No, proprio no. Mi sono comportato così lì dentro

in modo che gli altri mi stessero lontano. Non si sa chi ce l'abbia. È uno stress.

L'altro rilassò il tono: – Ha ragione, è uno stress continuo anche per me. Ma lei ne sa qualcosa di più?

– No, solo che è in circolazione e che bisogna stare molto attenti.

– Sì, è terribile. Beh, magari quando tutto sarà finito ci si vede in giro. Io mi chiamo Antonio Marizza.

– Piacere, Furio Nordio. Perché no, quando saremo di nuovo rilassati. Arrivederci.

– Arrivederci. E mi stia bene.

Dopo aver percorso qualche centinaio di metri in leggera salita, aver poggiato per terra i sei sacchetti colmi e averli ripresi per due volte, ed esser salito a piedi per tre piani, Furio aprì l'uscio di casa. Poggiò la spesa per terra e corse a farsi la doccia.

Uscì nudo dal bagno, sciacquò a uno a uno i prodotti comprati nel lavello di cucina, ficcò gli alimenti freschi nel frigo e si lavò le mani con cura. Non era ancora mezzogiorno. Con quel caldo, in una giornata normale, sarebbe andato a Barcola e si sarebbe goduto qualche ora di sole. Ma il marciapiede della passeggiata a mare, pur se largo, sarebbe stato zeppo di gente. Doveva rinunciarvi.

Andò a mettersi uno slip in camera da letto e tornò in salotto. Accese la radio perché alle 12:00 avrebbero trasmesso il GR1 o il GR2, o almeno così gli pareva di ricordare. Passando da un canale all'altro apprese che il primo giornale radio sarebbe stato il GR2, alle 12:30. Ingannò l'attesa iniziando a leggere *Il visconte dimezzato* di Calvino, acquistato l'anno prima.

Si sintonizzò sul secondo canale in leggero anticipo. E, dopo la sigla di apertura:

"GR2 Radiogiorno, direttore Gustavo Selva. Giampaolo Minetti in studio, buongiorno. In primo piano: il Presidente del Consiglio Giulio Andreotti rivolgerà un discorso straordinario al Paese, questa sera alle ore 20:00 a reti unificate. Per il momento non vi è alcuna anticipazione sul contenuto del suo messaggio."

E al termine del notiziario:

"Ricordiamo che il Presidente del Consiglio Giulio Andreotti rivolgerà un discorso straordinario al Paese, questa sera alle ore 20:00 a reti unificate."

Ah, ecco. Sicuramente Andreotti avrebbe informato il Paese della grave emergenza. Come lui aveva intuito, il governo italiano aveva aspettato per raccogliere informazioni più precise, al contrario del governo jugoslavo, che si era lasciato prendere dalla fretta. Furio tirò un mezzo sospiro di sollievo, ancora qualche ora e ne avrebbe saputo di più.

Dedicò un altro pensiero ad Andreotti: certo che avrebbe avuto un vero battesimo di fuoco, visto che si era insediato solo il giorno prima. Ma sapeva come cavarsela, non era Presidente del Consiglio per la prima volta ed era una gran volpe.

Riprese in mano il libro, avanzò per una ventina di pagine, poi si preparò un pasto leggero, senza cucinare. Si coricò con diletto sul divano. In quell'intervallo di rilassamento la sua mente tornò a lei, Stella.

L'aveva conosciuta un sabato sera di inizio maggio, in un locale in via Cavana. Lui era in compagnia di un vecchio amico dei tempi dell'istituto tecnico commerciale, Giovanni; lei era seduta con altre due ragazze al tavolo accanto. La prima volta che le aveva gettato un'occhiata non le aveva dedicato troppa attenzione. Ma poi i loro sguardi si erano incrociati, in un istante carico d'intensità. Poco dopo aveva sussurrato a Giovanni che voleva attaccar bottone, chiedendogli sostegno. Avevano concordato una scusa ed era stato lui stesso a iniziare la conversazione. Quando le ragazze si erano alzate per andare via, si era alzato anche lui e le aveva dato un foglietto con il suo nome e il suo numero di telefono, dicendole: – Chiamami una volta, mi farebbe piacere.

Lei gli aveva sorriso.

L'amico gli aveva detto: – Interessante, questa Stella. Ha una sensualità un po' torbida, con quel suo occhio meno aperto dell'altro. Secondo me ti chiama.

– Lo spero.

– Ti vedo un po' imbambolato, Furio.

– È che mi piace anche come parla. Non so, ho una bella sensazione.

– Hai letto qualche romanzetto d'amore di troppo negli ultimi tempi, per caso? – lo schernì Giovanni. – Non sei più il Furio dei tempi del da Vinci, eroe delle ragazze, eh?

Gli aveva fatto l'occhiolino e Furio aveva risposto dandogli una pacca sulla spalla.

Lei l'aveva chiamato qualche giorno dopo, si erano rivisti il venerdì seguente, poi il sabato e si erano messi insieme. Aveva capito presto che non si trattava della solita avventura.

Adesso sentiva un bisogno impellente di vederla. Quella sera ne avrebbe saputo di più ma già gli era chiaro come la situazione fosse grave, se non gravissima. Voleva viverla assieme alla donna a cui era legato, anzi, in quel momento difficile si rendeva conto di provare un sentimento forte nei suoi confronti. L'avrebbe chiamata più tardi.

Solo qualche minuto dopo, il telefono squillò. Era lei: – Ciao, tesoro.

Gli piaceva quando lei lo chiamava "tesoro", non lo faceva spesso. E poi il suo tono era così dolce.

– Ho bisogno di vederti, di stare con te tutto il fine settimana – continuò lei.

– Ma certo, tesoro, vengo io da te, parto anche subito se vuoi. L'auto è in riparazione, vengo a piedi, ho bisogno di una mezz'oretta.

– Ti aspetto allora. – E prima di riattaccare aggiunse: – Conterò i minuti.

Furio si rinfrescò di nuovo e uscì. Non vedeva l'ora di arrivare da Stella, ma doveva comunque fare la massima attenzione durante il tragitto. Arrivato circa a metà di Via Marconi, entrò nel Giardino Pubblico dall'ingresso laterale per attraversarlo fino a Via Battisti. Non c'era quasi nessuno in giro, bene così.

D'un tratto, però, un uomo dall'aspetto trasandato uscì da un vialetto ombreggiato dagli alberi secolari e gli chiese degli spiccioli perché aveva fame.

Cosa diavolo faceva? Stava venendo verso di lui.

Quasi gridando, gli disse: – Non ti avvicinare!

– Allora, me li dai i soldini?

– Sì, aspetta un secondo e rimani lì.

Trovò nel portafoglio una moneta da cento lire e gliela lanciò. L'altro la prese al volo e gli disse: – Ma solo cento lire? Dai, dammi di più. – Poi fece un passo verso di lui.

– Resta lì, ti dico!

Aprì la tasca portamonete, prese tutte quelle che c'erano e le gettò per terra.

Riuscì a vedere un lampo negli occhi dell'uomo, che gli mormorò comunque un grazie prima di chinarsi a raccogliere la piccola fortuna insperata.

Lasciò alle sue spalle il parco augurandosi con nervosismo che gli ostacoli fossero finiti.

Prese a salire per Via Rossetti, una strada a senso unico e coi marciapiedi stretti nella prima parte. All'improvviso vide a una ventina di metri la figura rotondetta di Pasquale De Rosa, un collega all'INAIL, che scendeva nella sua direzione. Che ci faceva in giro lui a quell'ora in una giornata così calda? Aveva un buon rapporto con Pasquale, che era una persona affabile ed estroversa. Ma aveva anche un piccolo difetto: quando incontrava qualcuno doveva per forza stringergli la mano con calore e la sua mano era quasi sempre sudaticcia. Un difettuccio che Furio gli perdonava in circostanze normali, ma che in quel caso avrebbe invece rappresentato un rischio mortale.

Riuscì a svicolare in una traversa prima che il collega lo vedesse e accelerò il passo. Dopo qualche secondo sentì la voce di Pasquale che provava a chiamarlo, ma continuò a mantenere l'andatura senza mostrare alcuna reazione, rimanendo impassibile anche quando quello provò a chiamarlo una seconda volta.

Non trovò altri intralci fino al quartiere di San Luigi. Stella abitava in un appartamentino in un caseggiato d'epoca, senza ascensore. Quando fu a due passi dal portone pensò al suo viso non ancora trentenne, a quegli occhi asimmetrici di un intenso marrone scuro, al suo sorriso dai denti un po' sporgenti e intriso di sensualità. Suonò. Ancora due piani di scale a piedi e l'avrebbe raggiunta.

La porta dell'appartamento era già aperta. Non appena lui fu dentro, Stella chiuse la porta con il piede, gli gettò le braccia al collo e lo baciò. Un lungo bacio dolcissimo e pieno di passione. Gli parve che nella sua vita non ce ne fosse mai stato un altro così travolgente.

Lei staccò le labbra, lo guardò in silenzio, lo strinse a sé premendo la guancia contro la sua, poi si ritrasse di nuovo e gli disse con voce carica di sentimento: – Ma allora è vero che mi ami!

Furio assunse un'espressione felice e al tempo stesso interrogativa.

– Io ce l'ho, tu l'hai capito e sei venuto subito da me.

– Nooo...

I GLADIATORI DELLA STRADA

1

Wolf Hartmann, meccatronico di Stoccarda, poco più che quarantenne, non sposato ma con una compagna, aveva una grande passione. Non la compagna, il rapporto con la quale non poteva definirsi un grande amore, bensì le auto sportive. Gli erano piaciute sin da piccolo. Da adolescente era stato per qualche anno pilota di go-kart, aveva anche vinto alcune gare, poi aveva dovuto smettere, non riuscendo a raggiungere i livelli richiesti per fare il pilota professionista.

La scelta dello studio della meccatronica automobilistica in una scuola universitaria professionale era stata una logica conseguenza delle sue inclinazioni. Prediligeva il lato pratico ed era meno versato per lo studio teorico. Preso il diploma, dopo un paio di tirocini riuscì a coronare il suo sogno, comune a molti giovani del Baden-Württemberg: fu assunto dalla Mercedes-Benz come tecnico. I colleghi lo consideravano competente, puntiglioso e preciso. Tuttavia, non aveva molti amici a causa del suo carattere introverso e, a volte, scostante.

Approfittando delle agevolazioni concesse ai dipendenti, già al principio del secondo anno di servizio aveva preso in leasing la prima, piccola auto sportiva. In seguito ne aveva collezionate altre quattro, prima di arrivare all'apice: una Mercedes-AMG GT argento, un bolide con motore sei cilindri e quasi 400 cavalli. La teneva in uno stato sempre impeccabile, prendendosene cura in maniera certosina, quasi religiosa. Ne lavava gli interni e l'esterno tutte le settimane, facendo sparire ogni grano di polvere e accenno di macchia, e provvedeva alla sua manutenzione in ogni minimo dettaglio.

La compagna gli aveva fatto una battuta poco tempo prima, osservando come lui passasse più tempo con la sua auto che con lei. Ed era vero. I momenti migliori li trascorreva quando poteva percorrere i tratti d'autostrada senza limite di velocità, lanciando la belva fino al massimo. Il motore dava una risposta sublime, nell'abitacolo si diffondeva un magnifico rombo e una sensazione adrenalinica lo pervadeva tutto.

Come variazione sul tema, ogni due o tre mesi si recava in un circuito da corsa, riservato alcuni giorni dell'anno ai privati che lo prenotavano, e inanellava felice giri su giri. Le frustrazioni della vita quotidiana scomparivano come d'incanto. Un effetto così benefico non lo otteneva con nessun'altra attività, nemmeno stando con la compagna, tranne forse quando facevano sesso.

Therese Schneider era anche lei poco più che quarantenne. Era reduce da un divorzio combattuto e dalla tensione inevitabile in quei frangenti. Aveva ottenuto l'affido della figlia, una bambina di otto anni, Amelie, che trascorreva solo un fine settimana ogni due col padre. La adorava, e l'amore verso di lei era l'unica cosa rimasta in comune con l'ex marito.

Quanto si era complicata la vita di Therese. Per rilevare l'altra metà della casetta a schiera della famiglia, aveva acceso un mutuo consistente. Le uscite mensili erano quindi aumentate di molto, compensate solo in parte dall'assegno che l'ex marito versava per il mantenimento di Amelie. Lavorava a tempo pieno e più duramente di prima, quale responsabile per la Germania meridionale in una società di distribuzione di attrezzi ginnici. La sera, tornata a casa, si sentiva spesso presa dalla stanchezza. Talvolta si sarebbe volentieri gettata sul divano ma c'erano ancora le faccende domestiche da sbrigare e bisognava aiutare Amelie per i compiti.

Il poco tempo libero lo trascorreva con una o più amiche e non le restava un attimo per cercare delle occasioni di incontro con altri uomini. A dire il vero non ne avrebbe nemmeno avuto la voglia, troppo recente era la sentenza di divorzio. Per fortuna c'era almeno quel raggio di sole nella sua vita: Amelie.

Un bel giorno di maggio, appena sveglio, Wolf decise di fare uno dei suoi giri sull'autostrada. Aveva bisogno di sfogarsi. La sera prima aveva litigato con la compagna e non ricordava un litigio così acceso prima di allora. In quel momento forse lei stava addirittura pensando di lasciarlo. Gli sarebbe dispiaciuto, in fondo avevano passato anche dei bei momenti insieme. E poi lei lo faceva sentire meno orso. Adesso si crogiolava nell'incertezza. Di solito il fine settimana indugiava più a lungo nella prima colazione ma quel sabato tagliò corto, si fece la doccia e scese subito nel garage sotterraneo del condominio. La fidata amica era lì ad aspettarlo, al posto assegnatole. La lisciò su un fianco con la mano prima di entrarci dentro, come faceva spesso.

Fu ancora colto dai pensieri negativi nel breve percorso dal suo quartiere, nella periferia ovest di Stoccarda, all'autostrada. C'era traffico e si procedeva a rilento a causa dei lavori in corso in alcune vie. Poi finalmente imboccò la A8, in direzione di Karlsruhe. Sapeva che avrebbe dovuto percorrere solo qualche chilometro e poi la densità delle macchine si sarebbe diradata. L'obiettivo era Leonberg: da lì il tratto fino quasi a Pforzheim era privo di quegli assurdi limiti di velocità, che lui non poteva proprio capire. Erano così castranti, facevano soffrire i guidatori sportivi come lui e ancora di più – ne era sicuro – i bolidi costretti a ritenere la maggior parte dei loro cavalli.

Cinque chilometri ancora, quattro, tre, due... eccolo lì il segnale di fine limite massimo di velocità. Un sorriso felino gli si stampò sul volto e il piede cominciò a premere più a fondo sull'acceleratore.

Lo stesso giorno, Therese aveva in programma di recarsi dalla madre, che abitava a Karlsbad. Andava a trovarla cinque o sei volte all'anno. Faceva il breve viaggio talvolta in macchina, talvolta in treno. Quel giorno optò per la macchina, essendo la visita prevista solo per un giorno e impiegandoci metà tempo rispetto al treno. Svegliò Amelie presto come se fosse un giorno di scuola, ricordandole che sarebbero andate dalla nonna. Ebbe una colazione allegra insieme alla bambina, che era tutta contenta della visita prevista.

Uscì in garage e avviò la macchina. Era una Golf di cinque anni, di colore azzurro chiaro, a posto con le manutenzioni programmate. Non aveva fatto attenzione negli ultimi tempi solo alla pressione degli pneumatici, ma si ripromise di controllarla la prossima volta che avrebbe fatto il pieno.

Partì per l'autostrada, a ovest di Stoccarda. Di tanto in tanto scambiava una battuta con Amelie, che se ne stava tranquilla su un seggiolino installato sul sedile posteriore destro, sfogliando un libro illustrato. Giunse sulla A8, che aveva percorso tante volte in vita sua, nel tratto fino a Karlsbad. Avendo uno stile di guida tranquillo, si mantenne quasi sempre sulla corsia di destra, a eccezione di qualche raro sorpasso. Superò in successione Leonberg est, lo svincolo di Leonberg e Leonberg ovest.

Basta limiti! Finalmente poteva sfogarsi come si deve. Era il re dell'autostrada e la corsia di sinistra sarebbe stata sua. Ma gli piaceva cambiare e avrebbe usato anche la corsia di centro. La destra è per le lumache, che non sono nemmeno da prendere in considerazione. Lui non era mica come quei pazzi che ti sorpassano a destra, poi passano a sinistra, infilandosi giusto davanti a te, e continuano il loro slalom da sinistra a destra, da destra a sinistra, finché non trovano tutte le corsie bloccate. No, lui aveva la sua etica da corridore d'autostrada. E in più rappresentava la Mercedes, marca nobile, la sua marca.

Uh, che bello, davanti a lui c'era un tratto libero. Accelerò a tavoletta. Il motore girava che era una meraviglia, lo sentiva quasi come se fosse una parte di sé stesso. Non aveva bisogno di guardare il tachimetro, sapeva di aver superato i 220 all'ora, adesso arrivava ai 230. Passò alcune auto alla sua destra con cento o più chilometri all'ora di scarto. Non c'era da curarsene, erano solo delle comparse. Più avanti, nella corsia di mezzo, vide un'Audi grigia. Non andava piano, ma con lui non poteva competere. Si avvicinò, si mise a sinistra e se la lasciò alle spalle in scioltezza. Ritornò al centro e trovò di nuovo un tratto libero. Era felice.

Aveva acceso la radio e ascoltava Klassikradio, una delle sue favorite; la musica classica la rilassava quando era alla guida. C'era un programma di musiche da film, in quel momento il motivo della Stangata. Che ricordi! Il film l'aveva visto da ragazzina e Paul Newman era uno degli attori che le piacevano di più... quant'era bello, stupendo.

Diede un'occhiata nel retrovisore ad Amelie. Stava finendo il suo libro. Le ricordò che accanto a sé c'era la borraccia piena d'acqua. Con la sua vocina, la bambina le rispose che ne avrebbe bevuta un po' dopo aver letto l'ultima pagina.

Quel giorno il traffico era scorrevole. Davanti a lei c'era un camion, accelerò giusto un po' per superarlo. In ogni caso non voleva andare troppo veloce, non essendo sicura della pressione delle ruote. Si rimise a destra. Dalla radio ascoltava adesso Momenti di gloria di Vangelis, un pezzo magnifico per un film magnifico, che aveva visto due volte. Il brano venne interrotto per gli annunci sugli ingorghi. Nominarono una volta anche la A8, ma nel tratto in uscita da Monaco, verso sud. Ritornò Vangelis. Era felice.

Vide davanti a sé una Porsche Carrera, correva forte anche quella. Doveva stare attento, gli era successo solo due volte nell'ultimo anno di essere superato, e proprio da due Porsche. Eppure la Mercedes è migliore, è la Mercedes e non la Porsche che vince tanto in Formula Uno. Non aveva intenzione di starle dietro a lungo. Schiacciò forte l'acceleratore, era nella sua scia, lo sentiva, si avvicinò ancora. La Porsche sembrava non opporre resistenza, non poteva o non lo voleva, lui doveva essere sui 240. Scelse il momento giusto per uscire sulla sinistra, qualche secondo ed era avanti. Ritornò sulla corsia di centro, guardò dal retrovisore: la rivale pian piano si allontanava.

Si sentiva in simbiosi con la sua auto.

– Sai che ti dico, bella mia, sei più importante tu della mia compagna. Con lei vada come vada, ma con te mi sento sempre bene. Credo che a modo tuo anche tu provi lo stesso con me.

Non era assurdo, era proprio così.

Aveva cambiato canale radio e stava ascoltando una hit parade. Amelie aveva messo da parte il libro e provava a canticchiare il brano attuale, che era in tedesco. Anche lei attaccò qualche strofa, e quel duetto improvvisato le mise entrambe di buon umore.

Ah, davanti a lei un camion stava superando un camper. Ma perché lo faceva? Andava piano anche lui, ci avrebbe messo un sacco di tempo. Passò sulla corsia di centro e si avvicinò. Oh, ma santa pazienza, sembrava che si fosse bloccato accanto al camper. E sia, decise di superarli tutti e due. Diede un'occhiata al retrovisore, non c'erano auto vicine. Accelerò e uscì sulla sinistra. Superò il camion. Non si rimise subito in centro, non le piaceva tornare giusto davanti al veicolo appena superato, come fanno alcuni.

Ecco un tratto diritto e in leggera discesa, e che fortuna, c'erano solo un paio di auto sulla destra. Poteva accelerare al massimo. Si mise sulla corsia di sinistra, tanto nessuno poteva andare veloce come lui. Diede un'occhiata al tachimetro, era oltre i 240, alé, ancora un po' e avrebbe superato i 250, che meraviglia, stava per toccare i 260, questo era raro anche per lui. L'autostrada sembrava deformarsi ai margini, non era più dritta, era diventata un imbuto. Si sentiva bene, si sentiva forte, il più figo era lui, Wolf.

Ma all'improvviso si accorse che tutte e tre le corsie erano occupate, poche centinaia di metri davanti a lui. In pochissimi secondi era già molto più vicino. Un camper e un camion a destra e in centro. Ma che ci faceva quel cretino con quel catorcio sulla sinistra? Andava piano come una lumaca. Idiota, non poteva stare sulla corsia di sinistra! Non avrebbe mica rovinato i freni del suo gioiello per quello lì. Si avvicinò ancora e gli fece i fari. Macché, rimaneva sempre lì! Ma era un ebete o lo faceva apposta per obbligarlo a una frenata pazzesca? E no, non poteva dargliela vinta: sarebbe stato quello a spostarsi, non lui a rallentare.

Era ancora sulla corsia di sinistra, Amelie l'aveva distratta per un istante. Guardò di nuovo nel retrovisore. Nooo, cos'era quell'auto là dietro? Correva come un missile, un pazzo, le sarebbe finito contro!

Fece flash con gli abbaglianti una seconda volta. Adesso quello si sarebbe tolto di lì, il tempo ce l'aveva, se non si spostava era colpa sua. Era sempre più vicino. Ah ecco, si stava togliendo di mezzo, bene.

Quello le stava venendo contro! Sterzò a destra d'istinto, ma lo fece troppo bruscamente e perse il controllo. Riuscì ancora a gridare: – Amelie, attenta! – poi l'auto finì contro il guardrail. Sentì un dolore violento. L'auto si rovesciò, lei batté la testa, un dolore lancinante la travolse... poi il buio.

Finalmente la corsia era libera. Ancora un secondo e fu davanti all'altra auto di alcune decine di metri. Guardò nel retrovisore. Come mai era così vicina al guardrail destro? E si rovesciava pure. Ma che imbecille doveva essere quello lì, aveva perso il controllo!

Cosa doveva fare adesso? Una voce dentro di lui gli suggeriva di frenare, accostare l'auto sulla corsia d'emergenza e tornare indietro a piedi per controllare quello che era successo. Un'altra voce si opponeva: a cosa serviva che si fermasse? Magari gli avrebbero anche dato la responsabilità dell'incidente, ma lui che c'entrava? Era quell'altro che non sapeva guidare, lui si era sempre mantenuto sulla stessa corsia. E poi c'erano il camper e il camion, e altri veicoli sarebbero sopraggiunti subito. Qualcuno si sarebbe occupato dei soccorsi, se necessario.

Rallentò. Quel giorno gli era passata la voglia di correre al limite. Vide che l'uscita successiva era a tre chilometri. Doveva lasciare l'autostrada e fermarsi in qualche posto a bere qualcosa. Poi sarebbe tornato a casa con calma. Così non l'avrebbero beccato, se la polizia avesse deciso di mandare un'auto alla ricerca di una Mercedes d'argento.

Wolf abbandonò l'autostrada e proseguì con prudenza. Sentiva l'inquietudine montare dentro di lui, ma doveva allontanarsi a sufficienza per non essere facilmente rintracciabile. Si lasciò alle spalle un paio di paesi e arrestò infine la macchina nel parcheggio di una caffetteria. Ordinò una tisana calmante e si diresse verso un tavolo accanto alla vetrata esterna. Cambiò idea, c'era troppa luce, aveva bisogno di un angolo meno illuminato. Mandò giù la tisana a piccoli sorsi. Gli riapparve l'immagine dell'auto rovesciata in prossimità del guardrail e si sovvenne che era di colore azzurro.

Si mise a respirare lentamente e a fondo, socchiudendo gli occhi, ma poi ebbe l'impressione che una coppia seduta al tavolo accanto lo stesse fissando. Si sforzò allora di comportarsi in maniera normale, anche se gli riusciva difficile. Si alzò per ordinare una bottiglia d'acqua naturale e si sedette a un altro tavolo, attorno al quale non c'era nessuno. Riprese a respirare profondamente, ma senza esagerare. Rivide ancora l'auto rovesciata. Era una maledizione.

Trascorse quasi due ore, ritrovò la forza per ripartire verso casa. Seguì solo strade regionali e locali e condusse piano, prestando la massima attenzione a rispettare tutte le regole del traffico. Parcheggiò la Mercedes al suo posto nel garage. Quando ne uscì, la percorse con lo sguardo in tutta la sua lunghezza. Strano, non gli dava le solite sensazioni, quasi fosse una cosa viva. No, era solo un oggetto, anche se un oggetto bello.

Giunto nel suo appartamento, si spogliò e si diresse subito verso il bagno per fare una seconda doccia, a poche ore di distanza dalla doccia mattutina. Di nuovo gli riapparve l'auto azzurra cappottata, come un lampo. Uscì di casa, girovagò per una mezz'oretta, poi la fame si fece sentire e si fermò a una tavola calda. Tornato all'aperto, camminò a lungo in mezzo alla gente. Tutte persone estranee ma almeno gli tenevano lontano la sensazione di solitudine.

Rientrò a casa che era quasi sera. Mandò giù un paio di stuzzichini presi a caso dal frigorifero e s'incollò al televisore, badando a scegliere solo trasmissioni leggere. A un certo punto si sentì molto stanco, ma sapeva che non sarebbe riuscito a prendere sonno. Allora cercò un sonnifero e tirò un sospiro di sollievo quando vide che nel flaconcino restavano ancora due pillole. Ne trangugiò una. Dovette aspettare un po', ma alla fine il sonnifero sortì il suo effetto e lo spedì in un mondo di pace artificiale.

Al mattino si risvegliò poco alla volta. Si sovvenne subito dell'incidente. Per qualche istante sperò che si fosse trattato solo di un brutto sogno ma poi la realtà lo riacciuffò con tutta la sua potenza e l'angoscia lo riempì di nuovo. Doveva sapere cos'era successo al conducente dell'auto azzurra. Bevve un bicchiere di succo multivitaminico e uscì subito. Si diresse verso il rivenditore di giornali più prossimo e acquistò la Gazzetta di Stoccarda. Trovata la prima panchina, girò le pagine fino alla sezione delle notizie locali e trovò quello che cercava:

"Pauroso incidente ieri mattina verso le 9:30 sulla A8, nel tratto Stoccarda–Pforzheim, qualche chilometro prima di Pforzheim sud. Una donna di Stoccarda di 42 anni, Therese Schneider, ha perso il controllo della propria Golf, che si è schiantata contro il guardrail e si è capottata più volte. La donna è in coma profondo e le sue condizioni sono critiche. Per miracolo la figlia di otto anni è rimasta quasi illesa, avendo riportato solo qualche contusione. È tuttavia in stato di shock, ancora all'oscuro delle condizioni disperate della madre.

Secondo alcuni testimoni oculari, la donna avrebbe sterzato all'improvviso, presa dal panico, per evitare un'auto sportiva di colore grigio, che sopraggiungeva a velocità folle. Il conducente non si è fermato per prestare soccorso alla donna. La polizia cerca altri testimoni che possano dare informazioni utili per rintracciare il pirata della strada."

Il conducente era una donna ed era in coma profondo! Un turbinio di ricordi, dapprima felici poi via via sempre più tristi, pervase la sua mente. Wolf era rimasto orfano da bambino, una maledetta malattia aveva prematuramente strappato sua madre alla vita. Quanto aveva pianto e anche imprecato contro quel dannato male. E pure allora le lacrime sgorgarono dai suoi occhi e imprecò contro se stesso. Vide dapprima il dolce viso di quando era in salute, ma poi questo mutò nel viso consumato dal male dell'ultimo periodo, e infine nel viso ormai segnato dalla morte. Rivisse la terribile sofferenza dell'istante in cui aveva sfiorato la fronte di sua madre per l'ultima volta, prima che fosse rinchiusa nella bara.

Si portò le mani agli occhi e per lunghi istanti rimase immobile. L'orribile consapevolezza di essere quasi un omicida si era insinuata in lui. Non avrebbe più potuto trovare pace. O forse l'avrebbe trovata se si fosse presentato spontaneamente alla polizia e avesse confessato il suo crimine. S'incamminò verso casa e scese giù in garage.

Fissò la sua Mercedes argento. Non era più la sua fidata amica, non era nemmeno più un semplice oggetto. No, per lui quella era ormai l'arma del delitto. Stette per dare un calcio alla carrozzeria con tutta la sua forza ma si trattenne e, poco dopo, il calciò lo sferrò alla porta metallica dell'ascensore, facendosi male al piede. Inveì contro se stesso e contro il mondo.

Salito nel suo appartamento e messosi comodo, si portò davanti allo specchio della stanza da letto e prese a guardarsi. Si vide in tutti gli aspetti peggiori: era un orso, inetto alle relazioni umane, incapace con le donne, insoddisfatto della sua vita, e adesso... adesso era anche diventato un criminale. Si faceva disgusto. C'era solo un modo per rimediare, per dare un senso pur tardivo a quella sua esistenza misera: doveva costituirsi. Si diresse in soggiorno, afferrò il *cordless* e cominciò a comporre il breve numero che l'avrebbe salvato: uno... uno... esitò a lungo, poi premette lo zero. Ma prima ancora che si stabilisse la comunicazione, pigiò il tasto rosso.

Perché lo stava facendo? Per quale ragione si tormentava in quel modo? Era stato solo un incidente e come minimo c'era stato un concorso di colpa da parte di quella donna. Lui non aveva mai avuto nessuna intenzione malvagia. Cosa c'entrava lui se lei aveva reagito in modo isterico a una situazione di guida in fondo non inusuale? Non si vedono tante, tantissime auto che sfrecciano veloci sulle corsie di sinistra delle autostrade tedesche? E che, sarebbero tutti dei criminali?

E poi, perché doveva farsi più scrupoli per il fatto che il conducente fosse una donna e non un uomo? Cosa gli avevano dato le donne, a parte sua madre? Non si curavano di lui, perché lui allora doveva curarsi di loro? Rivolse il pensiero per qualche istante alla sua compagna, anzi, c'erano poche illusioni da farsi, la sua ex compagna. Lei lo disprezzava, lo sentiva. E lui doveva preoccuparsi di quella Therese, una sconosciuta, che magari era come la sua ex o anche peggio?

Gli tornarono in mente alcune scene di quando sua madre l'aveva rimproverato. In alcune occasioni, nella riservatezza del loro appartamento, gli aveva anche mollato dei ceffoni. E lui, quand'era ancora piccolo, aveva pianto. Ah, come poteva essere dura sua madre. Sul suo volto comparve un sorriso amaro. Meno male che era rinsavito giusto in tempo e aveva chiuso il telefono.

Afferrò l'ultimo numero della sua rivista preferita di auto sportive e cominciò a sfogliarla. Si concentrò su un articolo che presentava una nuova versione, più potente, della sua Mercedes-AMG GT. Si sentì più calmo, ma fu soltanto una quiete temporanea.

L'angoscia tornò a insinuarsi piano piano in lui. Come aveva potuto fare delle riflessioni così ciniche poco prima? Persino su sua madre. Là fuori c'era una bambina che rischiava di rimanere orfana. Se la figurò come la bellissima bambina dagli occhi azzurri di cui era stato segretamente innamorato alla scuola primaria. La vide al capezzale della mamma, disperata e con le guance rigate dalle lacrime.

Gettò a terra la rivista e si coprì gli occhi con le mani. Subito dopo si ricordò di altro, tuttavia: la sua compagna di scuola era sempre stata fredda nei suoi confronti, anzi talvolta aveva avuto l'impressione che lo prendesse in giro, intuendo che lui aveva un debole per lei. L'aveva fatto soffrire tanto, ecco cos'aveva fatto quella smorfiosetta. Che senso aveva allora soffrire di nuovo per una bambina, per di più una bambina qualunque, che lui neanche conosceva? Si alzò, fece due passi e batté il pugno sul tavolo.

– Basta! – urlò.

Il suo cervello era ormai pronto per giocare una partita a dadi dall'esito incerto. La sfida venne tuttavia interrotta dal suono del campanello della porta. Strano, non aspettava nessuno. Andò al citofono e chiese chi fosse.

– Il signor Hartmann?

– Sì.

– La polizia. Apra, per favore.

I GLADIATORI DELLA STRADA
2

Alexander Möller era nato a Monaco di Baviera, era cresciuto a Monaco di Baviera e viveva a Monaco di Baviera. Laureatosi qualche anno prima in ingegneria gestionale alla Technische Universität di Monaco, dopo un paio di brevi esperienze professionali era approdato in un'importante società di consulenza internazionale. Il ritmo di lavoro, sessanta, settanta ore a settimana, era sostenutissimo, ma i giovani dipendenti lo accettavano di buon grado, perché un periodo di alcuni anni in una società di quel calibro costituiva un perfetto trampolino di lancio per il seguito della carriera.

E quello era ciò che pensava anche Alexander, trentuno anni compiuti da poco. Robusto, atletico, alto 1 metro e 85, biondo con gli occhi castano chiari, non aveva una compagna fissa. Non ne sentiva il bisogno, badava soprattutto a divertirsi con le ragazze. Alcune le conosceva nella palestra che frequentava due volte a settimana, quando mollava il lavoro prima, intorno alle venti. La palestra si estendeva lungo il piano terra di un palazzo, cosicché era visibile dall'esterno, essendo ben illuminata e senza alcun oscurante sulle vetrate. Alexander si installava quando possibile nella prima fila, mettendosi in mostra.

Lo faceva dopo quanto successo una sera di alcuni mesi prima. Stava macinando chilometri su un cross trainer, quando una biondina che passeggiava di lì si era fermata a guardarlo. I loro sguardi si erano incrociati e non si erano staccati più per una quindicina di secondi. Il sorriso era apparso all'unisono sui visi di entrambi. Lui le aveva indicato l'ingresso, aveva smesso di pedalare ed era andato ad aprirle la porta. Si erano dati appuntamento per la sera dopo. Avevano bevuto un aperitivo, cenato insieme e la notte erano già a letto. Era stata una passione breve ma intensa, poi lui era passato alla fiamma successiva.

Oltre che con la palestra, Alexander si teneva in forma con la bicicletta, sulla quale montava ogni fine settimana. Era una bicicletta da strada di qualità, col telaio in fibra di carbonio. Non vi correva mai per meno di cinquanta chilometri, talvolta sia il sabato sia la domenica. Sceglieva i percorsi in una guida di escursioni in bicicletta nella Baviera, oppure attraversava un bosco non lontano da casa sua, il Perlacher Forst, per dirigersi verso località note. Una volta partito, si lanciava forte come se fosse in una competizione. Talvolta si faceva accompagnare da un amico che sulla bici era ambizioso quanto lui. In quel caso si seguivano l'un l'altro da presso, alternandosi in testa e spingendo ancora di più.

Le uscite in bicicletta avevano un sapore speciale, che andava ben al di là dell'allenamento della forma fisica. Correndo attraverso la natura, Alexander vedeva soddisfatto almeno in parte il suo prepotente anelito di libertà, destinato altrimenti a rimanere represso. La libertà infatti nella vita professionale l'aveva sacrificata sull'altare dell'ambizione, dea autoritaria che esige tutto e non accetta compromessi. Quello spazio personale che si ritagliava il fine settimana assumeva allora un'importanza fondamentale.

Un sabato, partito da casa da pochi minuti, si diresse verso il bosco, seguendo la pista ciclabile accanto al marciapiede. A un tratto un bambino piccolo si mise a camminare sulla pista, una decina di metri davanti a lui, senza che la madre accennasse alcuna reazione. Dovette frenare con forza per non finirgli contro. La rabbia gli montò dentro inarrestabile. Si rivolse alla giovane donna gridando: – Non vede che suo figlio sta camminando sulla pista ciclabile? Potevo finirgli addosso e potevo farmi male anch'io!

– Ma è solo un bambino piccolo, non può distinguere tra marciapiede e pista ciclabile. E non lo posso tenere sempre per mano.

– Signora, ma che razza di madre è lei? Gliela vuole dare la buona educazione a suo figlio? Deve imparare a rispettare le regole fin da piccolo, altro che scuse.

La donna, che pareva mortificata, ci mise un po' prima di ribattere:

– È solo un bambino, sono cose che possono succedere.

– E invece no, se si è dei bravi genitori. Adesso basta, se lo riprenda ché devo proseguire. Mi ha già fatto perdere il ritmo.

Non attese un secondo prima di ripartire quando la pista fu di nuovo libera.

"Che gente" pensò, "mi ha dato proprio fastidio".

E pedalò via rabbioso.

Di tanto in tanto si recava al lavoro in bicicletta, quando sapeva di poter poi fare il percorso inverso prima delle nove di sera. Erano una quindicina di chilometri, da Perlach, un quartiere a sud est di Monaco, dove affittava un appartamento di due stanze, fino all'ufficio, alcune centinaia di metri a ovest della stazione centrale. Aveva provato diversi itinerari, ciascuno più volte, sempre sotto cronometro, finché aveva trovato il percorso ottimale, una manciata di secondi più rapido del secondo miglior percorso.

Era importante per lui questa ottimizzazione: la ricerca del meglio, del massimo, non poteva rimanere confinata solo al lavoro. Si era poi dato l'obiettivo di migliorare il tempo impiegato dalla partenza all'arrivo, ottenendo in continuazione nuovi primati personali. Non era solo questione di spingere forte, bisognava anche ridurre i tempi complessivi di attesa ai semafori, soprattutto nel tratto finale in città.

Un venerdì di inizio giugno, Alexander, appena sveglio, guardò il cielo dalla finestra. Si preannunciava una bella giornata, come gli indicava anche la stazione meteo radio sul comodino. Una giornata ideale per andare al lavoro in bici. In quel periodo si sentiva un po' frustrato. Non riusciva infatti più a migliorarsi da ben due mesi. Eppure un nuovo record era alla sua portata, senz'ombra di dubbio. Si sentiva in gran forma e la bicicletta era in condizioni perfette. Ci voleva solo un po' di fortuna con i semafori e con il traffico lungo il tragitto. Terminata la colazione, si convinse che quello era il giorno giusto. Scese in cantina a prendere la bici e risalì fino al marciapiede. Si mise il casco e fece un'ultima verifica. Era tutto a posto. Si sistemò sulla pista ciclabile, attivò il cronometro e partì di slancio. Nei primi chilometri non c'era nessun semaforo che potesse rallentarlo. Stava andando forte, lo sentiva.

Quel giorno andava proprio bene, non c'era stato nessun ostacolo. Certo che se qualcuno si fosse messo di mezzo si sarebbe proprio incazzato. Ecco, a 100 metri c'era il primo semaforo. Si avvicinò. Era ancora verde; a quella velocità avrebbe beccato il verde di sicuro. Fatto. Davanti a lui adesso c'era uno che andava piano. Gli suonò la campanella due volte, l'altro si mise sul margine destro della pista e lo lasciò passare. Bene.

Ecco lì il secondo semaforo. Stavolta arrivò sul rosso. Diede un'occhiata al cronometro: era in anticipo sul suo record! Il rosso lasciò il posto al giallo e fu pronto a schizzare via. Era avanti di una ventina di secondi. Lo sentiva, era la giornata giusta. Più in là vide un conoscente. Tirava bene anche lui ma non era al suo livello. Gli suonò la campanella e quello si mise un po' più a destra. Lo spazio per passare c'era, non ci fu bisogno di suonare una seconda volta. Lo superò. Che doveva fare, salutarlo? No, meglio di no, non voleva girarsi e perdere il ritmo.

Continuò ad avanzare e tutto andava liscio. Gli ultimi quattro chilometri. Qui in città gli imprevisti erano più frequenti. C'erano anche parecchi ciclisti. Il semaforo dopo segnava rosso, avrebbe dovuto aspettare qualche secondo. Scattò al giallo. Aveva guardato il cronometro un paio di secondi prima, era sempre avanti di una quindicina di secondi. E mancavano solo due chilometri e mezzo.

Lo pervase all'improvviso quella fantastica sensazione di libertà assoluta che spesso provava quando pedalava a pieno regime, e gli sembrò di lasciarsi alle spalle i limiti fisici del corpo e ogni altra restrizione.

Avanzò ancora. Ecco la Schwanthalerstrasse, una strada trafficata e con diversi semafori. Doveva percorrerla per qualche centinaio di metri. Prese il verde al primo semaforo per un soffio. Andava bene così, ma adesso doveva tirare forte per non perdere l'onda verde. Il prossimo incrocio era con un'altra via principale. Venti metri, dieci metri... Con la coda dell'occhio vide sulla strada un'auto che gli si affiancava, appena più veloce di lui. Dannazione, il verde del semaforo per i pedoni e le bici stava lampeggiando. Non doveva esitare. Stava arrivando sulla strada, c'era ormai. Gli parve che l'auto al suo fianco svoltasse a destra, ma gli doveva dare la precedenza. E invece no, non si fermava. Coglione! Era lui che aveva la precedenza, era lui che aveva ragione. Non doveva frenare lui, era l'altro che doveva farlo... Una frazione di secondo e si sentì buttato giù. Che dolore... Volò, finì a faccia in giù, la coscienza lo abbandonò...

Alexander venne trasportato in codice rosso verso la Clinica Universitaria. Era in coma profondo e aveva una dozzina di fratture. I medici si riservarono la prognosi.

Tre mesi dopo i genitori di Möller vennero chiamati dal dottore che lo seguiva, un neurologo.

– Oggi c'è stato un progresso importante. Non si è svegliato, ma ha parlato per la prima volta dal giorno dell'incidente. L'infermiera l'ha sentito dire due volte "Sono io che ho la precedenza" e poi "Fermati, fermati". In ogni caso abbiamo notato un aumento dell'attività cerebrale negli ultimi giorni. È ancora presto per dire se ci sarà un recupero completo delle sue facoltà mentali, ma il segnale di oggi è significativo. Noi da parte nostra faremo di tutto per farlo tornare come prima.

– Dio sia lodato. Grazie dottore – disse la madre.

Alexander non poté udire quella conversazione. La lesione cerebrale che aveva subito l'aveva condotto in un mondo pressoché isolato dalla realtà circostante. Un mondo onirico, nel quale la comunicazione con l'esterno era ridotta ai minimi termini e la coscienza rimaneva confinata all'interno della sua mente. Non era necessariamente uno stato spiacevole, tuttavia nel suo caso tutti i sogni lo riportavano all'ultima terribile corsa in bicicletta. Poteva correre lungo percorsi noti e lungo itinerari fantastici. Sentiva in qualche modo il caldo dei giorni estivi e lo trasponeva nei suoi sogni. Gli sembrava di sentire le gocce di sudore sulla pelle. Gli pareva di raggiungere uno stato di benessere, come quando praticava lo sport dal vero. Ma poi accadeva sempre un incidente e il benessere svaniva.

Come quel giorno di settembre. Stava ripercorrendo veloce l'ultimo tratto fino al lavoro, era arrivato alla Schwanthalerstrasse, scorgeva un'automobile al suo fianco che poi girava a destra, le intimava di fermarsi sapendo di essere dalla parte della ragione: "Sono io che ho la precedenza! Sono io che ho la precedenza! Fermati, fermati". Era convinto di parlare, ma non poteva evitare l'impatto.

Da ognuno di quegl'incubi mancava il risveglio liberatorio, e rimaneva bloccato in un mondo colmo d'angoscia. Per lui la realtà era quella adesso. La sua coscienza ci provava a fuoriuscire dalle pareti esterne della sua mente, ma veniva sempre respinta all'interno. E sbatteva di qua e di là, come un pesce abituato alla vastità del mare e da poco ridotto al rango di pesce in mostra, contro le pareti di vetro di un acquario.

Alexander non aveva nemmeno la consapevolezza che una possibilità di uscirne, da quel mondo, c'era. Una possibilità, non la certezza.

L'ASCENSORE

"*You are fired*" era il vero significato della richiesta impossibile che il manager aveva presentato a Jimmy Clark: voleva che raggiungesse per la fine del primo quartale un obiettivo inarrivabile. Mancavano solo una quarantina di giorni e nemmeno i colleghi più rapidi avrebbero potuto eseguire in meno di tre mesi tutti i compiti che gli erano stati assegnati. Per più di nove anni era stato quadro nella Yatrix Pharma, un'azienda farmaceutica di media grandezza, prima nell'area innovazione prodotto e poi nell'area qualità e, in quel momento, aveva capito che era finita.

Un sabato di metà ottobre, Jimmy, ancora senza lavoro, sfogliava nervosamente la sezione degli annunci del Giornale di Chicago.

– Allora, possibile che non ci sia niente per te sul giornale?» gli chiese Brooke, sua moglie.

– Lo sai. Ho quarantasette anni e sono circondato da una marea di concorrenti giovani e brillanti – rispose Jimmy.

– Non ti impegni abbastanza.

– Ma se ho mandato decine di candidature in questi mesi! E due colloqui li ho pure fatti.

– Sì ma non è servito a nulla. E facendoci saltare la nostra bella settimana di vacanza ad agosto hai anche mortificato Melanie e Connor. Lo capisci o no che anche loro stanno perdendo fiducia in te?

– Ancora con questa storia? Ma la vuoi smettere...

Jimmy si interruppe. I suoi occhi avevano incontrato un'intera pagina riservata alla Betelgeuse Pharma Inc, con un'inserzione dal testo inusuale e allettante:

La Betelgeuse Pharma Inc, multinazionale del farmaco avviata a diventare la numero uno al mondo, vuole te! Abbiamo numerose posizioni vacanti in diverse aree, anche a livello manageriale, sia che tu abbia esperienza lavorativa nel settore farmaceutico, sia che tu non ce l'abbia ancora. Da parte tua richiediamo impegno ed entusiasmo, da parte nostra ti garantiamo uno stipendio mensile minimo di 2.500 dollari netti, più benefit vari. Invia la tua candidatura all'indirizzo email sottostante. I colloqui di selezione avranno luogo lunedì 1 novembre nella nostra sede centrale.

2500 dollari al mese! Era meno di quanto guadagnasse prima, ma la mente di Jimmy partì subito a fare calcoli di massima su quell'ipotetico nuovo scenario. Sì, ce l'avrebbero fatta anche con quella somma, con attenzione e parsimonia, certo, ma sarebbero potuti restare nella loro bella casa. E poi avrebbe potuto allontanare le nere nubi che si stavano addensando sulla sua famiglia, avrebbe avuto la certezza di riconquistarli tutti, moglie e figli, e non vi era nulla al mondo che per lui contasse di più.

– Ecco, qui c'è qualcosa di molto interessante. Guarda anche tu.

Brooke diede una rapida scorsa alla pagina e gli disse prontamente: – Questa è la tua grande occasione e non devi lasciartela sfuggire per nessun motivo.

– Certo, ma vedi di avere più fiducia in me. E dillo anche ai ragazzi.

Jimmy limò curriculum e lettera di motivazione e inviò la sua candidatura l'indomani. La risposta della Betelgeuse arrivò già il giovedì seguente: Jimmy venne invitato a presentarsi lunedì 1 novembre alle ore otto nella sede centrale in Betelgeuse Square 1. Aveva superato la prima tappa!

Con nuovo slancio si gettò a capofitto nell'organizzazione del colloquio, individuò i probabili punti deboli dei due colloqui precedentemente falliti e preparò alcune frasi chiave da inserire all'occorrenza nel dialogo. Poi si dedicò allo studio della Betelgeuse Pharma. Sapeva che in poco tempo era divenuta una delle più grandi aziende farmaceutiche del mondo, dopo lo sviluppo del più efficace vaccino contro il Covid-19. Aveva anche qualche informazione sul fondatore e presidente della società, l'enigmatico Douglas Russell, dalla capigliatura argento vivo e dal fisico prestante pur avendo superato i cinquanta, amante delle belle donne e dell'abbigliamento moderno e stravagante, tanto da sembrare quasi un extraterrestre in alcune apparizioni pubbliche, famoso anche per la sua passione per i voli suborbitali su razzi costruiti da un'altra società da lui controllata.

Apprese che la Betelgeuse produceva altri due farmaci *blockbuster*, dichiarava di essere pronta a immetterne di nuovi sul mercato e di aver ideato e messo in pratica un protocollo innovativo proprietario, grazie al quale era in grado di ridurre sensibilmente il tempo di sviluppo di un nuovo farmaco, dalle simulazioni al computer e dalle sperimentazioni *in vitro* fino al prodotto finale. Aveva inoltre una divisione all'avanguardia nella progettazione di nuovi organi artificiali e si dava l'obiettivo di farlo per quasi tutti gli organi vitali del corpo umano.

Insomma, una società da sogno nella quale lavorare, rifletté Jimmy, decidendo poi di ignorare alcuni link ad articoli negativi sulla Betelgeuse, opera di una ONG specializzata nell'analisi del settore farmaceutico. Saranno i soliti ipercritici, fu la considerazione che gli passò spontanea per la mente.

La mattina del primo novembre si svegliò presto, fece una ricca colazione insieme alla moglie e si abbigliò in maniera formale, scegliendo un abito grigio scuro, diverso da quello blu che non gli aveva portato fortuna in passato. Salutò Brooke con un bacio sulla guancia chiedendole di incrociare le dita per lui, insieme ai ragazzi.

Poco prima che uscisse di casa, Brooke lo chiamò: – Jim.

Lui si voltò e le chiese: – Sì?

– Non tornare a mani vuote questa volta, mi raccomando. Ce la devi fare, per la famiglia.

– Certo, cara, stavolta ce la farò, per tutti noi.

Salì in auto e si avviò verso la sede della Betelgeuse, con un pensiero amaro che gli rimase in testa per diversi minuti: le ultime frasi dette dalla moglie e il modo in cui le aveva pronunciate sembravano contenere un velo di minaccia, piuttosto che suonare come un augurio sincero.

Arrivò a destinazione poco dopo le sette e mezza. Il grattacielo della Betelgeuse, caratterizzato da un'architettura all'avanguardia con forme originali, era uno dei più alti della città ed era circondato da ampi spazi in parte ricoperti di prati, arbusti e alberi e in parte riservati ai parcheggi per i visitatori. Per di più era in prima fila sul lago, e Jimmy si figurò quale vista mozzafiato si potesse godere dai piani superiori. Si annunciò al cancello principale, lasciò l'auto nel posto assegnatogli e si diresse verso l'ingresso centrale, non senza aver volto ancora la testa verso l'alto per ammirare alcuni dettagli della costruzione.

La hall interna lo lasciò a bocca aperta: di forma pentagonale, ampia, alta a dismisura, luminosissima per la combinazione di luce naturale proveniente dalle amplissime vetrate della facciata anteriore – spezzata in due – e illuminazione artificiale progettata alla perfezione, ricca di marmi e di mosaici con figure moderne e astratte, decorata con sculture e quadri alle pareti. Non lontano dal lungo banco della reception, addossato alla parete posteriore, faceva bella mostra di sé un modello in dimensioni reali di uno dei razzi suborbitali guidati da Russell. Quattro ascensori a vista salivano e scendevano veloci lungo la parete posteriore e si vedevano le porte di altri ascensori interni. Se ne aprì una e ne uscì un uomo con la testa fasciata e il volto sofferente, da cui distolse lo sguardo d'istinto.

C'era una lunga coda davanti all'accettazione e Jimmy immaginò che molte delle persone in attesa fossero candidati. "Ci sarà una forte competizione" pensò con una punta di sconforto, "speriamo che siano molti anche i posti offerti".

La coda procedette veloce grazie al lavoro efficiente di otto impiegati e in pochi minuti si trovò faccia a faccia con una di loro.

– Buongiorno, mi chiamo Jimmy Clark, sono interessato alle posizioni offerte dalla Betelgeuse Pharma e ho ricevuto l'invito a presentarmi oggi.

– Bene, signor Clark. Anche lei è un candidato dunque. Mi lasci per favore un suo documento d'identità e io le do un tesserino elettronico da visitatore che metterà in vista sulla sua giacca.

Sbrigate le formalità la donna aggiunse: – Adesso vada all'ascensore 7 una ventina di metri alla sua destra e salga fino al trentesimo piano. Lì la indirizzeranno in una delle sale riservate ai candidati. Buona fortuna – concluse con un sorriso professionale.

Nella rapida salita, Jimmy si trovò insieme a un'altra decina di persone: nessuno disse più di un "Buongiorno".

Un addetto inviò il gruppo nella sala 3020, al centro della quale era collocato un grande tavolo da riunioni in ciliegio con uno spazio in mezzo, fornito di una trentina di microfoni, uno per ogni posto a sedere. Una dipendente aspettava con un laptop collegato a un proiettore a un'estremità del tavolo. Quando la sala fu piena, fece una breve introduzione ringraziando i presenti per l'interesse manifestato nei confronti della società e disse che il presidente Douglas Russell desiderava rivolgere un saluto a tutti attraverso un video.

Nel corso di un quarto d'ora Russell illustrò la sua visione per la Betelgeuse Pharma: la società si era data la missione di rendere il mondo migliore, eliminando o rendendo curabili tante malattie e permettendo la sostituzione degli organi malati con gli organi artificiali che gli eccellenti ricercatori dell'azienda avevano o avrebbero sviluppato.

Un comunicatore e seduttore eccezionale che trasmette un messaggio da sogno, venne da pensare a Jimmy, e il suo desiderio di fare parte di tutto ciò si amplificò ancora di più.

Al termine del video, la donna della Betelgeuse spiegò che la società attribuiva il massimo valore ai principi della democrazia e dava a ciascuno la chance di entrare direttamente ai livelli manageriali, a prescindere dalla sua esperienza lavorativa precedente. Ecco quindi come si sarebbe svolta la procedura di selezione: – Ciascuno di voi verrà invitato a un primo colloquio individuale nel quale ci conosceremo meglio. Discuteremo curriculum, motivazione e competenze e risponderemo alle vostre domande sulla nostra società e sul lavoro presso di noi. In seguito parteciperete alla prima selezione per le posizioni manageriali, in questo stesso trentesimo piano. Se l'esito del primo giro non fosse positivo, verrete inviati all'ascensore numero 33 che vi porterà a un piano più basso per il secondo giro di selezione. In caso d'ulteriore insuccesso tornerete all'ascensore 33 che vi porterà a un piano inferiore per il giro successivo. E così via. Concludo augurando sinceramente a tutti voi una piena riuscita e di ritrovarci colleghi nella Betelgeuse Pharma.»

La procedura era del tutto inusuale, ma nessuno fece domande in quanto era stata illustrata con chiarezza.

Pochi minuti prima delle nove Jimmy entrò in una saletta. Ad attenderlo c'erano un uomo e una donna della Betelgeuse. Gli chiesero di presentarsi e poi lo interrogarono riguardo alla sua motivazione e alla sua personalità. A un certo punto la donna, che doveva avere un livello gerarchico più alto del collega, gli disse: – Signor Clark, lei ha un'esperienza considerevole nel settore farmaceutico e per questo motivo è una persona di grande interesse per noi. Le facciamo quindi un'offerta preliminare che riserviamo solo ad alcuni candidati: le possiamo garantire un contratto a tempo indeterminato presso la Betelgeuse in ogni caso. Le chiediamo solo una cosa in cambio, che lei si impegni a portare a termine la procedura di selezione, che si concluderà comunque entro la giornata di oggi.

Un lampo di soddisfazione attraversò il viso di Jimmy, senza che lui provasse a nasconderlo.

– Va bene, sono pronto e non temo di seguire una procedura lunga. Come ho già scritto sono molto motivato e so lavorare fino a tardi o anche il fine settimana quando è necessario.

– Bene, questo l'avevamo già capito. – L'uomo diede alla donna due paia di fogli pinzati insieme e lei ne porse una copia a Jimmy, aggiungendo: – Ecco dunque l'intesa preliminare o, se preferisce, la dichiarazione d'intenti per mettere già nero su bianco il futuro rapporto tra lei e la nostra società: una copia è per lei, come vede, già firmata a pagina tre dal direttore generale del personale; l'altra rimane a noi e le chiediamo di firmarla. Ma prima la legga attentamente. Prego.

Jimmy cominciò a scorrere con rapidità il testo, identificando le parole chiave:

INTESA PRELIMINARE TRA LA BETELGEUSE PHARMA INC E MR. JIMMY CLARK... La società si impegna a offrire a Mr. Clark un contratto a tempo indeterminato con una retribuzione base mensile minima di 2.500 dollari netti... al termine della procedura di selezione in data odierna, 1 novembre 2021, indipendentemente dal numero di fasi in cui essa si articoli...

"Si vede che è una società seria e trasparente, che mantiene quanto promesso" pensò Jimmy e saltò quasi la seconda pagina, perché tanto conteneva certamente solo delle frasi standard, rifletté. Riprese la lettura all'ultima pagina:

Il rapporto di lavoro inizierà al più tardi il giorno 15 novembre 2021, non essendo Mr. Clark vincolato da alcun periodo di preavviso.

"Ma come sono organizzati ed efficienti, hanno già definito anche la data di inizio in base alla mia situazione personale" pensò ancora, annuendo.

Chicago, 1 novembre 2021, firmato da Albert Scott, Direttore Generale delle Risorse Umane, Betelgeuse Pharma Inc."

Senza indugiare nemmeno un secondo chiese l'altra copia e la firmò.

La donna porse la mano a Jimmy dicendogli con un tono di compiacimento: – Mi permetta di congratularmi con lei e di darle il benvenuto nella Betelgeuse. Presto saremo colleghi.

Poi anche l'uomo gli diede la mano.

– Bene, in bocca al lupo dunque per la prima prova, nella quale, glielo posso già anticipare, discuterà di un caso aziendale in un gruppo di otto candidati. Adesso si può recare nella sala 3050. Arrivederci a presto, signor Clark.

Quando entrò nella stanza indicata non c'era ancora nessuno, ma nemmeno un minuto dopo arrivò un altro uomo. Poco più giovane di lui, dal fisico robusto e le spalle larghe, con una faccia grande dall'espressione concentrata e, gli parve, con una punta di cattiveria. Jimmy lo salutò con un buongiorno, ma quello non rispose neppure.

In capo a dieci minuti un responsabile della Betelgeuse spiegò ai concorrenti, sei uomini e due donne, le modalità della prova. Nel primo quarto d'ora ciascuno avrebbe studiato un fascicolo che descriveva un problema aziendale in forma semplificata e subito dopo sarebbe partita la discussione. Ogni candidato avrebbe avuto a disposizione un minuto per un intervento d'esordio, poi il dibattito sarebbe proseguito liberamente, con gli unici limiti posti, nel caso, dall'uomo della Betelgeuse in qualità di moderatore.

Jimmy aprì la sua busta e trasalì vedendo che il documento aveva una quindicina di pagine riempite in maniera fitta. Ma come potevano pretendere che qualcuno lo potesse studiare a fondo solo in un quarto d'ora? Decise di applicare la tecnica di lettura veloce che aveva appreso in un corso alcuni anni prima, pur sapendo che così avrebbe perso molte informazioni. Terminata la prima lettura, gli sembrò che fosse necessario focalizzarsi su due o tre parti. Guardò l'orologio, maledizione, era trascorso già metà tempo. Poté approfondire solo una delle pagine che si era prefissato di rivedere. Mancavano ormai tre minuti e doveva abbozzare il suo primo intervento. Buttò giù veloce alcuni concetti chiave, ma in parte con una scrittura illeggibile persino per lui stesso.

L'uomo della Betelgeuse annunciò che il tempo era scaduto e che l'ordine con il quale gli otto candidati avrebbero esordito sarebbe stato scelto tramite un generatore *random*. Jimmy sperò di non essere lui il primo, per riuscire magari a elaborare uno o due pensieri aggiuntivi, e gli andò bene. Mentre quelli che lo precedettero parlavano, la sua mente si divise nel cercare di cogliere qualche spunto interessante e nel ripetere quanto aveva intenzione di dire. Al sesto turno toccò a lui, partì cercando di sintetizzare il problema, ma non aveva le idee del tutto chiare e parlò meno degli altri. Per giunta non riuscì a proporre alcun abbozzo di strategia con la quale procedere.

Il moderatore avviò la discussione libera, Jimmy ascoltò per diversi minuti prima che gli venisse in mente un pensiero che gli pareva appropriato, prese la parola, ma dopo qualche secondo il tipo aggressivo che all'inizio non l'aveva neppure salutato lo interruppe, osservò allora l'uomo della Betelgeuse che prendeva nota e questo lo mise in agitazione, attese ancora, si fece rubare lo spazio una seconda volta dallo stesso individuo, al terzo tentativo si difese e riuscì a dire qualcosa che gli sembrava importante, in seguito fece un altro breve intervento, finché, senza alcun preavviso, l'uomo della Betelgeuse mise fine al dibattito e informò i candidati che sarebbero stati chiamati a uno a uno.

Jimmy si tolse la giacca perché stava sudando e cercò di rilassarsi un po', senza riuscirci. Il suo nome fu fatto per terzo e venne accompagnato in una piccola stanza. Un'impiegata della Betelgeuse gli disse che non aveva superato la prima prova e gli indicò il cammino per giungere all'ascensore 33, che l'avrebbe portato automaticamente al piano più basso per il giro successivo.

Mentre la porta si richiudeva davanti a lui, Jimmy per un attimo concepì l'ascensore non come una semplice macchina, bensì come una sorta di identità metafisica. Seguì il decremento dell'indicatore del piano con un misto di curiosità e di ansia, finché la porta non si riaprì al piano 20. Un impiegato lo indirizzò nella stanza 2025, dove avrebbe avuto luogo un colloquio individuale per le posizioni da quadro. Quello era il suo livello, non era adatto a fare il dirigente e lo sapeva, non doveva farsi abbattere da quella prima prova negativa e adesso doveva dare il meglio. Si versò un bicchiere d'acqua fresca, lo buttò giù con avidità e fece una serie di lunghi respiri, socchiudendo gli occhi a tratti.

Decise di inviare un messaggio Whatsapp alla moglie: "Stai tranquilla, Brooke, avrò un posto alla Betelgeuse."

Lei gli rispose subito: "Bravo, ti vogliamo bene." Era da molto che non le sentiva dire o scrivere quella frase.

Se ne sarebbe dovuto compiacere, ma in quel contesto il significato era ambiguo. Cosa voleva dire Brooke, che gli volevano bene solo se trovava un nuovo posto stabile? Un turbinio di pensieri negativi si installò nella sua mente.

Jimmy tornò in sé solo quando, trascorsi due minuti, entrarono un uomo e una donna. Prendendo la parola l'uno dopo l'altra gli dissero che in quel momento vi erano diverse posizioni aperte nell'area innovazione prodotto e nell'area commerciale e gli chiesero quale fosse la sua preferenza. Jimmy non aveva proprio il profilo da commerciale, inoltre aveva lavorato nell'innovazione per più di tre anni, in passato, per cui scelse la prima opzione, pur con un certo rammarico, perché il suo vero campo d'esperienza attuale era la qualità.

I due cominciarono a interrogarlo, più l'uomo che la donna, ma Jimmy si rese conto presto di avere delle conoscenze in parte arrugginite. Inoltre alcune domande vertevano su classi di farmaci sui quali non aveva mai lavorato prima, per cui talvolta dovette chiedere di passare alla domanda successiva. Il colloquio durò in tutto una mezz'ora. I due si congedarono e gli dissero di rimanere nella stanza.

Non era soddisfatto della sua prova, Jimmy, ma era anche vero che non aveva avuto fortuna e imprecò contro la malasorte, mentre il suo battito accelerava.

Nemmeno un quarto d'ora dopo entrò un'altra donna, la quale, con tono asettico, gli comunicò che non era stato scelto e che l'ascensore 33 l'avrebbe portato al livello inferiore. In quella seconda discesa si sentì più ansioso che durante la prima e tirò quasi un sospiro di sollievo quando la porta si aprì al piano 10. Un'impiegata gli chiese se voleva fare una pausa approfittando di un rinfresco messo a disposizione per i candidati o se voleva passare subito alla prova successiva. Jimmy scelse di prendersi una pausa, era abituato a pranzare presto e, soprattutto, aveva bisogno di calmarsi di nuovo.

Finito l'intervallo fu indirizzato nella saletta 1039, nella quale lo stava aspettando un'altra coppia uomo-donna della Betelgeuse. Lo informarono che quello era il livello degli assistenti. La donna gli chiese subito se, considerando la sua esperienza precedente, si sarebbe trovato a suo agio come assistente personale di un manager. Jimmy rispose di sì anche se pensava l'esatto contrario, ma non poteva permettersi di andare tanto per il sottile. La donna gli chiese poi se sarebbe stato disponibile a seguire in viaggio il suo futuro manager e Jimmy lo confermò, seppure senza troppa convinzione. L'uomo gli porse allora alcuni fogli, spiegando che avrebbe dovuto fare una sintesi della situazione descritta per un dirigente. Avrebbe avuto a disposizione mezz'ora per prendere le note che riteneva necessarie e poi avrebbe presentato il suo riassunto. Lo lasciarono solo.

Non era per nulla soddisfatto, Jimmy, di quello che sarebbe stato un vero e proprio passo indietro, ma non aveva altra scelta. Fece una sintesi accurata e anche la sua presentazione orale fu soddisfacente.

Prima di terminare il colloquio, la donna gli fece una domanda a bruciapelo: – Signor Clark, in tutta sincerità, lei preferirebbe una posizione da assistente presso la Betelgeuse o una posizione da quadro in un'altra società farmaceutica?

E Jimmy, d'impulso: – Una posizione da quadro.

– La ringraziamo per la sua sincerità. Tra poco le verrà comunicato il risultato di questa prova. Arrivederci e in bocca al lupo.

Nei minuti che seguirono Jimmy ebbe la netta sensazione di conoscere già l'esito, non fu quindi sorpreso quando un altro impiegato della Betelgeuse gli disse che sarebbe passato al livello successivo.

Era circa l'una e mezza, e Jimmy volle chiedere maggiori informazioni in anticipo: – Per quale tipo di posti sarà la prossima prova: portiere, postino interno, tecnico d'edificio o simili?

– No, non abbiamo posizioni libere di questa sorta nell'ambito dell'amministrazione degli edifici.

– A quale piano mi porterà l'ascensore, visto che siamo già al decimo? Al quinto o ancora più giù?

– Al quinto no. In quel piano hanno luogo appunto le selezioni per le posizioni che ha nominato lei, ma non in questo periodo.

– Ma non è possibile. Io stamattina ho firmato un contratto nel quale mi si garantisce un posto alla Betelgeuse, poco fa mi hanno detto che ci sarebbe stato un livello successivo e lei mi sta dicendo che l'ascensore non mi porterà a un piano più basso?

– Ah, ma lei allora ancora non lo sa: questo edificio ha diversi livelli sotterranei, ed è lì che continueranno le selezioni.

Jimmy rimase a bocca aperta e si diresse di buon grado verso la macchina che ormai conosceva bene.

Ancora una volta fissò l'indicatore del piano senza perderlo di vista per un momento: 5... 2... piano terra... -1... -2... -3. La porta si schiuse. In fondo non era ancora sceso agli inferi, pensò, si trattava solo di un edificio così moderno che si sviluppava pure nel sottosuolo. Venne indirizzato nella stanza -315, dove una donna lo stava aspettando.

– Benvenuto, signor Clark. Ho un'unica domanda da farle: lei è bisessuale o solo eterosessuale?

Con un'espressione di totale sorpresa, Jimmy ribatté: – Come scusi? Che razza di domanda è questa per un colloquio di lavoro?

– È una domanda assolutamente pertinente per la prova che sta per affrontare a questo livello...

– Sarebbe a dire? – la interruppe.

– Verrà valutata la sua idoneità a fungere da *accompagnatore*.

– Accompagnatore? Di persone con qualche handicap?

– No, non ha capito. Accompagnatore sessuale. La Betelgeuse si prende cura del benessere dei suoi collaboratori, con qualche attenzione in più ai gradi apicali. Così facciamo in modo che per i manager non manchi mai un partner sessuale, a qualunque ora di qualunque giorno.

– Insomma mi offrite un posto da gigolò.

– Non glielo offriamo ancora, prima deve superare la selezione. Ma non dica gigolò, accompagnatore è il termine ufficiale che usiamo in azienda. E all'esterno facciamo risultare una posizione più anonima, se richiesto.

Jimmy, riflettendo ancora un attimo, disse: – Sono eterosessuale.

– Bene, grazie. E anch'io le do un'ulteriore informazione: la meno giovane delle nostre manager ha 65 anni, e tutti dicono di lei che si tiene in gran forma.

– E in cosa consiste la prova?

– Una nostra dipendente testerà a fondo le sue capacità sessuali. Lei si rechi nella stanza -330, vedrà, un'alcova splendidamente arredata. Si tolga gli abiti formali che indossa adesso, faccia una doccia, si sciacqui la bocca e si metta i boxer che troverà sul letto. Poi aspetti la nostra collaboratrice.

Recandosi alla stanza indicata, Jimmy si disse che non poteva rifiutare a priori quell'offerta potenziale, per quanto assurda potesse sembrare. Lui non aveva mai tradito la moglie, pur avendo resistito una volta con difficoltà alle *avances* di una collega che gli piaceva molto, e quello che forse avrebbe fatto sarebbe stato solo un lavoro, non certo un tradimento. E poi la dirigente più anziana non era così vecchia, e al di fuori dell'azienda non sarebbe trapelato nulla.

La stanza era spaziosa e con un bagno proprio, arredata quasi come una vera stanza da letto, solo senza armadio, con un mobilio moderno, un largo letto invitante e un ampio specchio sulla parete opposta al letto. La temperatura era sui 24-25° e nell'aria era diffusa una tenue, piacevole essenza. Jimmy si fece la doccia con grande piacere, indossò i boxer e si avvicinò allo specchio. Gli stavano bene quei calzoncini neri, con un disegno minimo, sarebbero piaciuti a Brooke. Si guardò di fronte e di fianco. La capigliatura era ancora folta, ma aveva perso la sua forma fisica migliore, il petto appariva un po' cadente e dal ventre pendeva una pancetta che non si ricordava così pronunciata. Tese allora i muscoli del ventre e vide il profilo migliorarsi. Aveva forse alcuni minuti, d'impulso si mise a fare qualche semplice esercizio tendendo via via diversi muscoli, in particolare quelli del petto. Si osservò ancora, la sua figura appariva più soda. Aveva avuto un'ottima idea.

Sentì bussare alla porta e si ricompose. Entrò una donna sulla cinquantina, dal corpo un po' molliccio e col trucco leggero. Indossava un body di colore rosso e aperto a V sul petto. Lo guardò e gli disse ammiccante: – Ciao biondone, che bel viso rotondo hai. Adesso fammi vedere cosa sai fare.

Nonostante fosse più anziana di lui e non certo con un fisico d'attrice, gli fece sesso, pareva avere una gran voglia, una voglia sincera. Gli si avvicinò, allungò la mano nei boxer, gli prese il pene e gli sussurrò ancora: – Dai, vediamo quanti orgasmi riesci a farmi avere.

Mentre Jimmy sentiva il membro gonfiarsi rapidamente, lei premette le labbra sulle labbra di lui e poi fece partire la lingua in un bacio carico di passione.

Jimmy la portò all'apice una prima volta con un amplesso regolare, poi, in qualche modo, riuscì a farle avere un secondo orgasmo. La donna si congedò dicendogli che gli era piaciuto. Jimmy, giudicando la sua prestazione discreta, sperò che l'avesse detto convinta e non che fosse un apprezzamento che faceva a tutti gli uomini o quasi che valutava. Si fece un'altra doccia, si rivestì lasciando da parte la cravatta e si rimise in attesa.

Il responso non tardò: un'altra donna gli comunicò che non era stato selezionato come accompagnatore e lo pregò di dirigersi di nuovo verso l'ascensore 33.

Stanco e deluso, quando sentì la macchina riprendere la sua corsa verso il basso, immaginò per un istante di avere una mente capace di controllarla e di farla risalire, poi gridò arrabbiato: – Maledetto, perché scendi sempre e non sali mai?

Uscito al piano -6, venne indirizzato nella stanza -610. In quel piano c'erano molte meno porte, le sale dovevano dunque essere più grandi. Quando entrò comprese che in realtà lo spazio -610 era suddiviso in più stanze o ambienti. Ad attenderlo c'erano un uomo e una donna che indossavano un camice bianco e sembravano due dottori o tecnici di laboratorio. Avevano un'espressione più aggressiva dei dipendenti della Betelgeuse che aveva incontrato fino ad allora, e questo lo disturbò molto.

L'uomo parlò: – Buongiorno, signor Clark, benvenuto al livello dei *donatori*. Come lei già sa, la Betelgeuse ha molto a cuore il benessere dei suoi collaboratori, a cominciare dai dirigenti e dai quadri ai gradi più alti.

– E i donatori che ruolo hanno in questo?

«Qui in sede devono sempre essere a disposizione riserve di sangue, di ogni gruppo sanguigno e fattore Rh, sufficienti per ogni evenienza.

– Ah, dunque, donatori di sangue. Il mio gruppo sanguigno è A+.

– Non si tratta di solo sangue. Sa, in situazioni d'emergenza è necessario un trapianto di midollo osseo, possibile solo quando il midollo del donatore è compatibile con quello del paziente. Dall'esame del sangue completo che le faremo trarremo anche questa informazione. Ma prima le daremo un questionario medico dettagliato da compilare.

Un campanello d'allarme cominciò a tintinnare nella testa di Jimmy. Ribatté: – Ma il prelievo di midollo osseo non è una procedura banale e io lo donerei solo a un familiare e forse a un amico stretto.

I due si guardarono e non risposero direttamente alla sua obiezione.

La donna prese la parola: – Come lei sa, la Betelgeuse è all'avanguardia mondiale in un numero crescente di settori della medicina. Ci può dunque credere a occhi chiusi, lo siamo anche in queste procedure di prelievo, così come nei trapianti.

Proseguì l'uomo: – Inoltre la Betelgeuse è la prima società al mondo nella progettazione e produzione di organi artificiali, con un'efficienza sempre crescente. La nostra cistifellea artificiale ha un'efficienza del 60% rispetto alla cistifellea sana di un adulto tipo, il nostro rene artificiale del 30%, con il secondo prototipo di fegato ci siamo avvicinati al 20%. Contiamo di arrivare presto alla prima versione di stomaco, intestino tenue e polmone artificiale. E stiamo studiando un nuovo tessuto con il quale sarà possibile costruire una cornea artificiale.

– Ma cos'ha a che fare tutto questo con la funzione di donatore?

– È evidente, no? La Betelgeuse si prende cura del benessere di tutti i suoi dipendenti, anche naturalmente dei donatori. Quando preleviamo un organo, lo sostituiamo il più presto possibile con un organo artificiale, in modo da ridurre ai minimi termini il disturbo per il donatore coinvolto.

– Ma siete dei pazzi! E questo sarebbe un lavoro secondo voi? Diventare una riserva di organi per i superiori? E come cazzo vi aspettate che accetti una cosa del genere?

La donna non alzò la voce come aveva fatto Jimmy, ma usò un tono così freddo che lui si sentì gelare il sangue:

– Signor Clark, si controlli per favore, rimanga professionale. La Betelgeuse si è impegnata a darle il posto di lavoro di cui ha tanto bisogno, con un compenso ragguardevole. Adesso tocca a lei rispettare i patti.

– Ma di quali patti sta parlando? Crede che mi beva il suo *bluff*?

– Tiri fuori la sua copia dell'intesa... Ecco guardi, legga a pagina 2, il terzo capoverso.

«Da parte sua Mr. Clark si impegna a portare a termine la suddetta procedura di selezione e ad accettare la posizione che gli verrà offerta, indipendentemente dalla fase alla quale sarà giunta la procedura.»

Jimmy rimase senza parole per qualche istante, poi si riprese e disse con tono nervoso: – Ma un contratto del genere non è legale.

– Questo lo dice lei – ribatté l'uomo. – Come prima cosa le ricordo che ha firmato una regolare intesa, dal testo chiaro e privo di ambiguità. E poi, suvvia, lei non è un esperto legale, vuole mettere in dubbio la bravura dei nostri avvocati, che hanno redatto il testo dell'intesa in modo che fosse impeccabile?

– Sarà impeccabile per voi! Per me quest'intesa non è valida, mi ritiro e me ne vado, ok?

– Signor Clark, non dica sciocchezze – proseguì la donna con il suo tono glaciale. – Se fa una cosa del genere attiviamo i nostri avvocati, che sono i migliori al mondo, e le facciamo causa. Crede di avere le spalle abbastanza larghe per sopportare una causa intentata dalla Betelgeuse? O che ci sia una qualunque persona al mondo che sarebbe in grado da sola di tener testa alla nostra società? Noi sappiamo tutelare i nostri interessi. E in fondo noi siamo affidabili e manteniamo sempre la nostra parola, ma esigiamo la stessa affidabilità da ogni controparte, anche dai candidati come lei.

Jimmy si mise a riflettere: ciò che quella donna aveva appena detto era vero, non avrebbe potuto resistere a lungo contro un colosso come la Betelgeuse. Per giunta la sua situazione economica era già precaria, a breve sarebbe scaduto il suo credito immobiliare e la banca non glielo avrebbe prolungato. Si vide la casa pignorata e immaginò che la moglie avrebbe chiesto il divorzio, avrebbe ottenuto gli alimenti, si sarebbe presa i figli e lui si sarebbe ritrovato da solo e sul lastrico. No, non poteva permettere tutto questo, doveva ingoiare un boccone molto amaro ma era costretto a cedere.

– Ecco... ci ho pensato su. Accetto dunque la vostra offerta.

– Bene, signor Clark, vede che ragionando a mente fredda ha tratto la giusta conclusione» disse la donna con un tono asettico. – A ogni modo non si tratta ancora di un'offerta, le ricordo che siamo soltanto nella fase di selezione. Adesso, per cominciare, ecco il questionario medico, lo compili con esattezza per favore. Se non è in grado di rispondere a qualche domanda, barri la casella "Non so". Poi verrà sottoposto al prelievo del sangue e ad alcuni esami clinici. Il tutto durerà circa due ore. In bocca al lupo.

Ancora! Era la terza volta che gli dicevano "In bocca al lupo", ma in quel momento le parole suonavano solo beffarde. Si mise a riempire il formulario e non nascose che, pur godendo di buona salute, era stato sottoposto all'esportazione della cistifellea e soffriva di una forma di diabete incipiente. Per un attimo si preoccupò di non superare la prova a causa di quelle patologie, poi si rese conto di quanto stesse scivolando verso il basso. Venne analizzato dalla testa ai piedi, finché lo fecero accomodare in una sala d'aspetto. Era sera ormai e si sentiva molto stanco. Entrò un uomo che gli comunicò, gli parve con un sorrisetto, che non era stato scelto come donatore e poteva dunque scendere al livello successivo. Si prese anche la premura di accompagnarlo fino all'ascensore.

Una volta dentro, Jimmy si immaginò trasportato fino al centro della Terra e rimase quasi indifferente quando la porta si aprì al piano -9. Una donna lo indirizzò alla stanza -910. Le chiese dell'acqua e qualcosa da mettere sotto i denti, perché la giornata era stata lunga. La donna gli rispose gentile che nella sala avrebbe trovato un distributore d'acqua fresca e che lei gli avrebbe portato alcuni tramezzini.

– La Betelgeuse non fa mancare nulla ai suoi collaboratori e anche ai visitatori – aggiunse. Lo spazio -910 era suddiviso in più ambienti, sebbene con una disposizione diversa rispetto allo spazio -610. Jimmy si riempì lo stomaco e chiuse gli occhi per un po', finché non sentì bussare alla porta ed entrò un'altra coppia uomo-donna in camice bianco.

La donna era giovane e avvenente, doveva anche essere intelligente e istruita. Sarebbe stato interessante conoscerla in un'altra situazione e con qualche anno di meno, fu il pensiero che gli passò per la testa come un lampo. Beh, almeno aveva recuperato un po' di energie, rifletté subito dopo, se riusciva ancora a immaginarsi qualcosa di positivo.

La donna lo salutò con un bel sorriso: – Buonasera signor Clark, benvenuto al piano delle *figure sperimentali*. Posso farle un complimento? La vedo bene al termine di una giornata così intensa. Lei ha certo delle qualità non trascurabili.

– La ringrazio. Siamo dunque all'ultima fase della procedura di selezione?

– Glielo posso confermare. E termineremo presto. Abbiamo già tutte le informazioni mediche su di lei e non sono necessari altri esami. Le spiegheremo soltanto in cosa consiste l'attività che lei eserciterà presso la Betelgeuse e risponderemo alle sue domande.

Continuò l'uomo: – Lei ha già appreso molto oggi sulla nostra società e sa che siamo i più rapidi al mondo nello sviluppo di nuovi farmaci, grazie al nostro protocollo unico. Di fatto, siamo in grado di saltare tutta la fase delle prove *in vivo* sugli animali, così tra l'altro abbiamo una forte impronta verde e anche i gruppi animalisti ci considerano una società modello. I nostri programmi per le simulazioni di nuove molecole e nuove sostanze sono l'assoluto stato dell'arte mondiale, così come i nostri laboratori per le sperimentazioni *in vitro*. I dati di cui disponiamo al termine della fase in vitro sono molto più esaustivi dei dati che possono avere i nostri concorrenti e qualunque laboratorio pubblico. Noi possiamo quindi passare direttamente alla sperimentazione clinica. E non è finita. Il nostro protocollo è così innovativo che ci bastano due sole fasi di sperimentazione clinica invece che quattro. Grazie a tutto ciò, nei prossimi anni immetteremo sul mercato numerosi nuovi farmaci e daremo un importante contributo a rendere il mondo migliore, seguendo la nostra missione filantropica.

– D'accordo, ma mi spiegate cosa fanno le figure sperimentali?

Gli rispose la donna, sfoggiando la sua dentatura perfetta in un nuovo sorriso: – Le figure sperimentali hanno un ruolo decisivo in tutto questo. È su di loro che vengono testate le nuove sostanze. E anche per seguire le persone sotto prova le nostre tecnologie sono le migliori al mondo.

– Insomma, sono delle cavie umane.

– Ma no, signor Clark, perché usa un termine così improprio per descrivere una funzione così nobile? *Cavia* è un termine del passato, che in ogni caso non può valere per noi. *Figura sperimentale* rende giustizia a questi nostri collaboratori, che, ripeto, sono parte essenziale di un sistema filantropico che migliorerà il mondo.

Jimmy si chiese se la donna credesse veramente a quello che diceva. Se mentiva, lo faceva molto bene.

Provò senza vera convinzione a opporre una qualche resistenza.

– E sei io mi rifiutassi?

I due si guardarono ammiccando, poi l'uomo parlò come se reagisse a una battuta: – Al piano precedente è già stato informato di quello che succederebbe, vero?

La donna aggiunse: – Sa, le faccio i complimenti, lei è ancora capace di scherzare al termine di una giornata così lunga e faticosa. Sarebbe veramente un piacere averla come collega nel mio stesso dipartimento.

– Ma cosa succede se una sostanza sperimentale ha effetti collaterali seri?

– Sono casi rari, signor Clark. Lo sa, nessuna attività umana è priva di rischi. E noi abbiamo il know-how per assistere le nostre figure sperimentali in ogni evenienza.

– È mai successo che qualcuno sia deceduto o rimasto seriamente menomato?

E l'uomo: – Queste sono informazioni riservate, non possiamo dunque risponderle. Ma se anche dovesse succedere una cosa del genere, noi siamo come una grande famiglia.

– Che vuol dire?

Continuò la donna: – Che la Betelgeuse si prende cura non solo dei suoi collaboratori ma anche delle loro famiglie. Ecco, ammettiamo pure che si verifichi un incidente e che per il colmo della sfortuna accada proprio a lei. Ebbene, la società si attiverebbe per sostenere la sua famiglia in maniera che non ci siano conseguenze economiche. E nel suo caso si potrebbe fare ancora di più.

– Cioè?

– Sua figlia ha 16 anni, vero? Ecco, se le dovesse succedere qualcosa, noi potremmo offrire a sua figlia una serie di tirocini durante le vacanze scolastiche. E chissà, magari in futuro sua figlia potrebbe lavorare con noi: la Betelgeuse offre un ambiente fantastico per lo sviluppo professionale dei giovani talenti. Le è chiaro dunque perché ci sentiamo una grande famiglia?

Jimmy si chiese se quanto stava vivendo fosse la realtà o solo un insolito, terribile incubo. Si vide come una gazzella circondata dai leoni, con il capobranco dalla faccia di Douglas Russell. Anzi, peggio, erano delle iene, delle iene ridens. Qualcosa gli diceva che doveva opporsi e mandarli a quel paese. Ma non poteva farlo da solo, non poteva mettersi contro Russell e i suoi dipendenti senza nemmeno il sostegno della famiglia. Non aveva scelta. Poteva solo accettare e poi sperare che i ricercatori e i dottori della Betelgeuse non prendessero troppi rischi con le loro cavie.

Disse con tono meccanico: – Va bene, avete chiarito i miei dubbi. Un'ultima domanda: posso cominciare da subito?

La donna gli rispose con grande entusiasmo: – Ma certo! La Betelgeuse viene il più possibile incontro ai desideri dei suoi dipendenti. Si prenda un giorno di riposo domani e potrà cominciare già da mercoledì. Le verrà riconosciuta una mensilità intera come bonus d'insediamento e potrà anche chiedere un anticipo sul primo stipendio, se vuole.

Intervenne l'uomo, anche lui con tono di compiacimento: – Benvenuto, collega. – E gli strinse la mano. Anche la donna gli diede il benvenuto come collega e gli strinse la mano a lungo e con delicatezza. L'uomo si congedò all'improvviso e lasciò la stanza. Al che la donna disse a Jimmy: – Posso chiamarti Jimmy, vero? E io mi chiamo Phoebe. Sai, avrei quasi voglia di abbracciarti, adesso che so che lavoreremo insieme, ma non sarebbe professionale. Comunque puoi contarci, se ti dovessi mai trovare in un momento di sofferenza, io verrò ad abbracciarti, e lo faranno anche le infermiere. È la filosofia Betelgeuse, e io ci metto anche del mio, e ti abbraccerò più a lungo di loro.

– Va bene, Phoebe, fallo, se ne avrò bisogno.

SULL'ETNA

Sul far del giorno, l'aria è umida e carica di nebbia, la temperatura ancora rigida. Ma il sole, che in questo periodo dell'anno è possente, avrà presto la meglio sull'umidità e sul freddo. Solo in poche occasioni si fa sorprendere, perde la battaglia ed è costretto ad aspettare ancora qualche giorno per stabilire il suo domino. Come l'anno scorso nello stesso periodo, quando l'Etna si svegliò candido di neve. Tuttavia non succederà in questo mese di maggio, lo sento, e difficilmente mi sbaglio.

Io qui ci sono nato e ci abito, insieme a tanti miei compagni e compagne. Io lo amo l'Etna, sono attaccato alla mia terra, non come quelli che non hanno radici e girano il mondo di qua e di là, e poi guardano me e i miei simili dall'alto in basso. Sono fatto così, non critico nessuno che non la pensi come me, ma chiedo altrettanto rispetto nei miei confronti.

Non lo nego, non è facile vivere nella mia terra, ci vuole un robusto spirito d'adattamento. Bisogna amare l'altitudine. È necessario andare d'accordo col rigido clima invernale, quando la neve la fa da padrona. Al tempo stesso bisogna saper tenere testa al sole, che d'estate sale alto nel cielo. E poi qui non c'è mica la stabilità di una montagna qualunque. Il suolo può borbottare, palpitare, sussultare. Di tanto in tanto si odono dei veri e propri botti, che provocano fughe in massa degli altri abitanti del luogo. Non per fare lo sbruffone, ma io invece non mi faccio impressionare.

Ho sentito tuttavia che può succedere di peggio, molto peggio. Un fiume scuro e incandescente può colare dall'alto, da uno di quei grossi buchi verso la cima o addirittura da un buco nuovo che si apre all'improvviso nel terreno. In tal caso, si salvi chi può. Fino a ora ho avuto fortuna, perché non ho mai osservato niente del genere da vicino.

L'aria è buona, invece, tersa e pulita, e il terreno è incontaminato. Per noi locali tutto questo è impagabile. Anche se me ne volessi andare da un'altra parte, non mi stabilirei mai in un posto inquinato. I tanti visitatori devono apprezzare la purezza di questo luogo, perché raramente se ne vede qualcuno che getta via dei rifiuti.

Per le guide il rispetto dell'ambiente è cosa scontata, perché fa parte della loro formazione, e poi amano questa terra come l'amiamo noi.

Poi ci sono i turisti, da ogni parte del mondo, tanto che si sentono decine di lingue diverse a me ignote. Questi di solito ci aiutano con comportamenti virtuosi, vuoi per sana educazione, vuoi perché rimangono affascinati dalla maestosità del re Etna e dalla bellezza insolita del paesaggio. Io però sono convinto che qualcuno si trattenga anche perché teme che il sovrano possa adirarsi contro di lui, se lo provoca deturpando il suo regno.

Sono trascorse alcune ore. Come avevo previsto, la temperatura è salita parecchio. Il blu del cielo è screziato solo da qualche macchia bianca e il sole domina tutto dall'alto. All'improvviso sento alcune voci, alcuni metri più in su di me. Non stanno parlando in italiano, non sono quindi in grado di capirli, ma posso distinguere che la conversazione è in inglese. Si avvicinano ancora un po'. Sono in cinque e tra di loro riconosco la fisionomia inconfondibile di Marco, la mia guida preferita. È sportivo, Marco, e soprattutto ben preparato. È un vero peccato, oggi non potrò imparare qualcosa di nuovo carpendo alcuni frammenti delle sue spiegazioni. Lui sa tratteggiare con chiarezza argomenti complessi quali la struttura e la morfologia del vulcano. Sa distinguere le rocce e i minerali visibili in superficie e indicarne i campioni più interessanti ai turisti. Raccontare della flora e della fauna del posto, con alcune specie di piante che vivono solo qui. E quando ci sono dei bambini, sa catturare la loro attenzione.

Marco è in testa al drappello, mi è passato accanto e mi ha già superato. Gli altri sono due coppie sulla sessantina. Una delle due donne mi sembra un po' impacciata nell'andatura, forse non ha le scarpe adatte ed è anche piuttosto corpulenta. Mi è proprio sopra, adesso. Ma che fa? Mette un piede in fallo e inciampa. Nooo, cade di lato verso di me, mi copre una porzione di cielo, mi schiaccia, ahi, che dolore! Alcuni dei miei rami si spezzano con un rumore secco, altri si ammaccano, povero me!

La sento urlare, ma in un momento come questo non posso provare compassione per lei, mi strappa molte spine, che si conficcano nella sua carne. La colpa è tutta sua, anche se non l'ha fatto apposta. I due uomini l'aiutano a tirarsi su, continua a piangere e a gridare, anche Marco è tornato indietro. La fanno stendere a un paio di metri da me, Marco fa qualcosa che non gli ho mai visto fare prima, sembra un infermiere, passa una garza bagnata da chissà quale liquido su vaste zone della sua epidermide e le tira via alcune spine con una pinzetta. Le spine che erano mie e che non potrò mai più recuperare. Passa qualche minuto, la donna ha smesso di lamentarsi, se ne vanno.

Avrò bisogno di tempo per rimarginare le ferite. Ma la mia tempra è forte e ci vuole altro per mettermi fuori combattimento. Io sono l'astragalo siciliano, spino santo per alcuni. Nei secoli mi sono installato in parte del territorio del mio sovrano, con il suo consenso, perché mi ha giudicato il più adatto. E io l'ho ripagato con una fedeltà assoluta, perché vivo solo qui, sugli aridi pendii di lava acida, a un'altitudine superiore ai 1000 metri, senza avvicinarmi troppo alla cima.

Tornerò come prima e raggiungerò presto un rango speciale tra tutti i miei numerosi compagni di radura, essendo stato il protagonista diretto di quest'insolita vicenda. E ho fiducia che vivrò altre avventure oltre a quella appena conclusa, perché, se io non vado al mondo, è comunque un dato di fatto che tutto il mondo viene a me.

LA MAMMA TIGRE

Federica Tosi aveva poco più di quarant'anni. Svelta di cervello e lesta di parola, si era laureata con lode in gestione delle risorse umane presso l'Università di Padova. Assunta subito da una piccola società locale, con tre cambi mirati aveva raggiunto la posizione di direttrice delle risorse umane nella sede di Milano di una multinazionale. Molto apprezzata dall'amministratore delegato, temuta e rispettata dagli altri dirigenti apicali, godeva invece di una pessima reputazione presso i dipendenti dell'azienda.

"La pantera" era l'appellativo con cui la chiamavano, anche per lo stile aggressivo dell'abbigliamento, nel quale predominavano i colori scuri. Già di statura slanciata, non disdegnava i tacchi alti, che diventavano un obbligo nelle riunioni con gli altri dirigenti.

Quando poi era presente l'amministratore delegato utilizzava con sapienza anche altre tecniche. Durante i suoi interventi annuiva in maniera decisa con il capo e con brevi parole di approvazione, attirando l'attenzione su di sé. In alcune occasioni ben scelte aggiungeva una forte dose d'entusiasmo, commentando: – Sei meraviglioso e quello che dici è assolutamente fantastico.

Durante un importante evento pubblico della società, davanti alla stampa, fu lei a farne la presentazione e ad annunciarne l'arrivo, saltando da destra a sinistra: – ... Signore e signori, sta per entrare la persona che aspettiamo tutti quanti con impazienza, una persona eccezionale e unica, il nostro amministratore delegato François Colombani. Non potete sapere quanto sia gratificante poter lavorare con lui. È un grande dono per la nostra società e per tutti noi. Accogliamolo con un lungo e caloroso applauso. Ecco a voi François... Colombani!

Aveva inoltre organizzato tutto affinché l'applauso fosse lungo e scrosciante come quello tributato ai grandi artisti a teatro.

Colombani aveva premiato tanta fedeltà consentendole di accentrare molto potere su di sé, sottraendo diverse funzioni agli altri reparti dell'azienda. I dirigenti tecnici nulla potevano contro di lei, nemmeno coalizzandosi. E gli ingegneri non erano altro che numeri, intercambiabili l'uno con l'altro.

Federica aveva un figlio di sei anni, Nicolò. Aveva sempre pensato che la maternità fosse un'esperienza essenziale della vita e da lungo tempo aveva deciso che un bimbo solo sarebbe bastato. Si era cercata un uomo adatto con cui concepire il pargolo, che avesse dunque buone qualità fisiche e intellettive. L'aveva sposato, aveva partorito e quattro anni dopo si era separata da lui: si era rivelato essere un mollaccione per i suoi gusti. Non aveva voluto spendere energie eccessive per il divorzio e aveva concesso di buon grado la custodia del bimbo per metà al padre. In realtà aveva solo fatto finta di cedere, perché tenerlo più di una settimana ogni due le sarebbe pesato.

Nicolò non somigliava per nulla alla madre. Nato mingherlino, sui due chili e otto, era giunto minuto anche all'asilo nido, in cui lo avevano messo già a tre mesi. Crebbe poi timido e introverso fino ai due anni. La prima educatrice del gruppo diede la sua opinione al padre, che le chiese di parlare anche con la moglie. La maestra ci provò prima una volta e poi una seconda volta, ma Federica era sempre di fretta e da quell'orecchio non voleva proprio sentirci.

Quando l'educatrice tentò ancora, lei sbottò: – Ma insomma, è vostra responsabilità stimolare i bambini affinché si sviluppino bene. Vi paghiamo per questo, no? E allora si dia da fare e non si perda in chiacchiere, ché non ha capito molto di mio figlio.

A casa il marito trascorreva una buona fetta del suo tempo libero a giocare con Nicolò e nemmeno lei gli faceva mancare le sue attenzioni. Sentiva così di adempiere al suo ruolo di mamma e, soprattutto, aveva bisogno di quei momenti in compagnia del figlio piccolo per rafforzare il suo equilibrio personale. Era importante potersi staccare un po' dalle eterne lotte nell'arena lavorativa, che pur la vedevano di regola vincente.

Nelle attività ludiche insieme a Nicolò, tuttavia, era sempre molto ambiziosa. Se è una buona regola essere un passo avanti al bambino, per stimolarne il progresso, lei poneva l'asticella troppo in alto per le capacità del figlio e rimaneva frustrata quando lui non riusciva a seguirla.

Nicolò frequentò poi una piccola scuola materna privata, nella quale i bambini provenivano solo da famiglie benestanti.

Un mese dopo la separazione dal marito, Federica venne convocata dalla direttrice: – Nicolò è un bambino intelligente, ma è molto chiuso in se stesso. Le maestre hanno difficoltà a coinvolgerlo nelle attività della classe.

Federica rispose: – Lo sa, no, che io e mio marito ci siamo separati? Nicolò è solo stressato per questo, come lo sarebbe ogni bambino. E poi il suo compito di direttrice dovrebbe essere quello di ricordare alle maestre quali sono le loro responsabilità, non ripetere le critiche che fanno ai bambini. Soprattutto se si tratta di mio figlio!

– Veda di moderare il tono, per cortesia. Le maestre Rosa e Sonia sono molto brave e hanno tanta esperienza.

– No, moderi il tono lei. Che siano tanto brave lo dice lei. Dalle difficoltà che hanno con Nicolò non sembra che siano competenti. Devono fare di più e lei glielo deve dire.

– Guardi che la direttrice della scuola sono io, non lei. Non entri nel mio ambito di competenza. È lei come mamma a dover fare di più per suo figlio. Gli chieda come si sente in questo periodo difficile. Gli dica che la mamma e il papà gli vogliono bene anche se non vivono più insieme. Insomma, faccia la mamma invece di cercare di dare ordini a scuola.

Quel colloquio lasciò un misto di sentimenti nell'animo di Federica. Era stizzita nei confronti della dirigente scolastica, che le aveva tenuto testa in quel modo, ma in cuor suo sapeva che la direttrice non aveva tutti i torti. Avrebbe dovuto intensificare le manifestazioni d'affetto nei confronti di Nicolò, che ancora piccolo si trovava già ad attraversare un periodo così critico. Non sarebbe stato facile, in una fase piena di tensione anche per lei, anzi sarebbe stata una vera sfida, non volendo rinunciare nemmeno a un briciolo dell'impegno che consacrava al lavoro. Ma a lei nessuna sfida faceva paura e l'avrebbe affrontata di buon grado.

Poche settimane dopo, decise comunque di spostare il bambino in un'altra scuola materna privata. Nicolò fece diversi progressi, ma sempre seguendo il suo ritmo, che non era quello che Federica si aspettava.

Verso la fine dell'anno prescolare, la prima maestra della classe di Nicolò, nel colloquio finale con la madre, le confermò che il bambino era intelligente. C'era tuttavia qualche problema con la sua personalità: non era solo la timidezza, era anche la sua difficoltà nel reagire se qualche compagno gli faceva una battuta o lo prendeva in giro, prima che le insegnanti lo difendessero. Probabilmente la sua costituzione gracile gli faceva sentire di avere qualcosa in meno dei coetanei. Era necessario aiutarlo per far sbocciare la sua personalità e dargli delle strategie di difesa. Federica ribatté che quel quadro di Nicolò le pareva esagerato. Avrebbe comunque riflettuto se cambiare alcuni aspetti della sua educazione.

Lasciata la scuola, in Federica riemersero i ricordi di trentacinque anni prima. Ne aveva tanti e nitidi del periodo conclusivo dell'asilo, e le venne in mente la maestra d'asilo mentre diceva a sua madre che Federica era una bambina brillante e avrebbe fatto benissimo a scuola. Un'espressione di disappunto scolpì il suo volto, senza che lei se ne rendesse conto.

Per una coincidenza fortuita, trascorsi solo due giorni da quel colloquio, Federica fece una scoperta. Appena alzatasi di buon'ora come sempre, guardandosi allo specchio, vide un capello sul lato destro che sembrava aver perso il colore biondo-fulvo abituale. Accese anche la luce del pensile a specchio del bagno e se lo guardò e riguardò da tutte le angolazioni. Il capello era proprio bianco candido.

"Ma com'è possibile" pensò, "ho solo quarant'anni".

Portato Nicolò a scuola, si diresse subito verso il parrucchiere e si fece tingere la vergogna, riuscendo così ad arrivare in ufficio solo una mezz'ora più tardi del solito.

Nei giorni successivi, la sgradita scoperta lavorò nel suo inconscio, instillandole l'idea che fosse Nicolò a generarle una dose eccessiva di stress. Forse non era abbastanza esigente con lui, tollerando che non fosse disciplinato come lei lo era stata fin da piccola. Perdeva troppo tempo senza concentrarsi su nulla di utile, divagando imbambolato in chissà quali pensieri. D'ora in avanti avrebbe dovuto concedergli meno libertà.

Nel programma che stilò a partire da settembre, non gli lasciò nessun giorno della settimana senza attività aggiuntive. La scuola primaria, privata e con l'insegnamento dell'inglese da subito, era a tempo pieno e offriva un ampio programma di doposcuola e di attività collaterali. Il martedì e il giovedì lo iscrisse al doposcuola, il mercoledì a lezione di pianoforte. Il lunedì e il venerdì, in cui sarebbe uscito alle 16:30, preso in carica dalla baby-sitter, avrebbe frequentato un corso di nuoto in una rinomata società sportiva. Il sabato pomeriggio avrebbe avuto un'insegnante a casa per i compiti. Questo carico di lavoro gli avrebbe dato la scossa di cui aveva bisogno per svegliarsi.

A fine ottobre ebbe un primo colloquio con la maestra.

– Signora Tosi, Nicolò è un bambino tranquillo e beneducato. Segue abbastanza bene le lezioni, sebbene sia un gran sognatore e ogni tanto abbia la tendenza a distrarsi. Il fatto è che appare spesso stanco, soprattutto nelle prime ore di lezione e nelle ore del pomeriggio. La maestra di pianoforte mi ha detto che non ha quasi nessun interesse a imparare. Bisogna allora vedere come aiutarlo. Ecco, lui è uno dei pochi bambini di quell'età che ha impegni extra-scolastici tutti i giorni della settimana. Sarebbe consigliabile ridurre il ritmo e lasciargli almeno due giorni liberi alla settimana.

– No, questo non è possibile. Bisogna stimolarlo molto per accelerare il suo sviluppo. È la ricetta che i miei genitori hanno adoperato con me e ha funzionato benissimo.

– Ma non è detto che le stesse ricette funzionino con tutti i bambini. Ci rifletta su, gli lasci più tempo libero, almeno un po'. Per cominciare, potrebbe rinunciare almeno alle lezioni di piano. Potrà sempre iniziare di nuovo uno dei prossimi anni.

– No, le ho già detto che non è il caso. Come anche lei sa, l'apprendimento della musica stimola altre parti dell'intelligenza. Vedrà che progressi farà presto Nicolò.

– Vediamoci allora fra un mese per rifare il punto della situazione.

A inizio dicembre Federica riuscì a trovare un ritaglio di tempo per un secondo colloquio.

– Signora Tosi, purtroppo la situazione non è migliorata, anzi. Cerchiamo di aiutare Nicolò, che è un bambino così dolce, in tutti i modi. Ma continuiamo a vederlo spesso stanco e in più sente lo stress quando ci sono i test. Ne ho parlato con lui e me lo ha confermato.

– Non capisco. Io ero molto veloce negli esami, non sentivo la tensione, direi perfino che mi divertivo. Ho sempre preso voti alti in tutte le materie e in tutte le scuole. Come mai Nicolò non è come me? Non è che per qualche ragione non si trovi bene con lei?

– Non direi proprio, quando sono da sola con lui sembra contento di parlare con me. Mi ha detto che vorrebbe tanto essere il migliore a scuola per fare contenta la mamma, ma non ci riesce. Ha aggiunto che si sentiva così anche all'asilo. Signora Tosi, suo figlio è un bambino d'oro ma non deve caricarlo di aspettative eccessive. Ogni bimbo ha il suo ritmo, non può pretendere che lui sia veloce come lo era lei. Lei è lei, e lui è lui, è un'altra persona.

– Va bene – disse Federica con poca convinzione.

– E lo lasci respirare un po', ne ha bisogno. Le consiglio di interrompere le lezioni di piano. Può comunque lasciarlo a scuola fino alla stessa ora: si può riposare un po' e fare i compiti quando qualche maestra è disponibile. E magari ogni tanto gli faccia saltare la lezione di nuoto. Non deve mica allenarsi per vincere delle gare, deve solo irrobustire il fisico.

– Va bene, va bene. Ma voi dedicategli tutte le energie di cui ha bisogno, vi pago per questo.

– Continueremo a fare il massimo per lui. E poi gli sono affezionata, le ho già detto che è un bambino dolce.

Il dialogo con la maestra mise Federica di pessimo umore. Per la prima volta si rendeva conto in modo consapevole che Nicolò non era il figlio che aveva desiderato. Prima di allora aveva sempre represso questo pensiero, credendo che le sue difficoltà fossero solo temporanee o imputandole all'incapacità degli insegnanti che aveva avuto. Ma adesso ormai era chiaro, Nicolò era un bambino timido che non sapeva imporsi e non riusciva a primeggiare: non le assomigliava per niente. Aveva qualcosa in più del papà ma in realtà nemmeno lui era una persona introversa. E allora perché le doveva succedere questo, proprio a lei che con la sua disciplina e il suo impegno dava un contributo così importante alla società? Non se lo meritava. E non aveva altre *chances*, aveva sparato l'unica cartuccia a sua disposizione, il solo pensare a un altro figlio era fuori questione.

Tornata a casa e congedata la baby-sitter, disse a Nicolò che se voleva poteva smettere le lezioni di piano. Il bimbo le rispose esitante di sì. Federica gli confermò che andava bene così e non si doveva preoccupare. Quella sera, quando Nicolò andò a letto, rimase accanto a lui e gli lesse un libro di storie d'animali, finché non si fu addormentato.

Federica portò la frustrazione con sé nel sonno, fino al risveglio. In ufficio la sua assistente capì subito che era incazzata e che cercava un pretesto per fare una delle sue scenate. Scoperto che un rapporto da lei richiesto era pervenuto con un giorno di ritardo, andò dritta all'ufficio del caposezione, interruppe in modo brusco la conversazione che quello stava avendo con un suo dipendente, e gli gridò: – Giovanni, questa da te non me l'aspettavo. La relazione sui costi dei giorni di malattia in ritardo. Che cosa hai da dire?

– Antonella è stata ammalata per tre giorni. Io sono rimasto fino a tardi per portarla avanti, ma quando Antonella è tornata non è bastato.

– Ammalata, ammalata. Qui stanno esagerando. Dobbiamo fare un piano per ridurre i giorni di malattia. Ma perché non le hai detto di lavorare un po' da casa? Non sarà mica stata settantadue ore a letto. E perché non ti sei dato da fare di più tu stesso, eh? Lo sai quant'è importante la puntualità.

– Mi dispiace.

– Mi dispiace, mi dispiace, solo questo sai dire. Me ne ricorderò nel rapporto di valutazione. Che non succeda più, altrimenti con le risorse umane hai chiuso, chiaro?

– S...ì.

Tutto il corridoio fu testimone della sfuriata, in quanto Federica aveva parlato a voce alta. Di solito invece, per mettere in riga i sottoposti, bastava il suo tono di voce incredibilmente fermo.

Nicolò trascorse la prima parte delle vacanze natalizie col papà. Federica lavorò fino all'ultimo giorno, perché voleva consegnare la relazione annuale all'amministratore delegato già a fine anno. Poi diede il cambio all'ex marito e si tenne Nicolò fino alla ripresa della scuola. Fu molto affettuosa con lui in quei giorni e per tutto il mese di gennaio. Il cuore le diceva che doveva dedicargli più tempo. Doveva capire bene cosa facesse a scuola e sincerarsi che arrivasse ben preparato per due esami a fine mese. E lo fece portare in piscina solo il lunedì, per poter aggiungere un altro giorno di ripetizioni private al suo programma settimanale.

Il primo era l'esame d'aritmetica. Nicolò le aveva studiate tanto, le addizioni e sottrazioni fino a venti. A casa riusciva a farle giuste quasi tutte. La maestra consegnò il foglio della prova ai quindici alunni presenti e disse loro che avevano un'ora di tempo. Ecco, il tempo, quello era un problema per Nicolò. Perché gli mettevano tutti fretta? Se avesse avuto abbastanza tempo sarebbe riuscito a fare tutte le operazioni, anche quel giorno. Ma come poteva invece terminare la prova solo in un'ora?

Il panico cominciò a impadronirsi di lui e lo rallentò. Si accorse di aver sbagliato una sottrazione e si bloccò a lungo prima di arrivare al risultato che gli sembrava giusto. Ricominciò con la sottrazione successiva, ma si fermò ancora. Guardò i compagni, sembravano così veloci nello scrivere, come avrebbe potuto fare meglio di tutti loro? Gli pareva fosse passato già molto tempo e lui era solo alle prime operazioni. Era preoccupato, sempre più preoccupato. Si sforzò e andò avanti soffrendo fino a che la maestra non riprese i fogli di tutti.

Non aveva terminato il compito e temeva di aver sbagliato alcune delle operazioni fatte. Alcune lacrime presero a sgorgare dai suoi occhi. Il compagno di banco se ne accorse e lo spifferò agli altri, che cominciarono a ridere. La vergogna si sommò alla delusione e il pianto di Nicolò da silente divenne uno scoppio. La maestra ammonì la classe e zittì tutti. Il bambino non smetteva di singhiozzare, allora lei lo portò con sé fino alla saletta degli insegnanti e cercò di consolarlo: – Dai, Nicolò, non l'avrai fatta male questa prova, e la prossima volta andrà meglio, perché tu hai tanta volontà.

E il piccolo, con voce interrotta: – Ho deluso... la mamma di nuovo.

– Ma no, perché?

– Ho fatto tanti esercizi. Ma poi all'esame non riesco mai a fare tutto giusto, il tempo non basta. – Si stropicciò gli occhi umidi di lacrime. – La mamma mi dirà che non gli piaccio più... Ma io voglio piacere alla mamma.

– Ma no, cosa dici? Tua mamma ti vuole bene, io lo so. Ascolta, Nicolò, la prossima volta che la vedo parlo io con la mamma, va bene? Le dirò quanto sei bravo e volonteroso.

In capo a qualche istante i singhiozzi cessarono e un timido sorriso affiorò sul volto di Nicolò: – Io... voglio tanto bene alla mamma.

– Certo, caro Nicolò. Dai, sciacquati il viso e torniamo in classe, ok?

Nicolò ebbe un voto appena sufficiente in aritmetica e fece solo un po' meglio la prova d'italiano. Qualche giorno dopo Federica era di nuovo a colloquio con la maestra.

– Signora Tosi, sa cosa le dico in tutta sincerità? Lo dico per il bene di suo figlio. Credo che lei gli metta troppa pressione. Non sia esigente con lui, gli lasci più spazio per rilassarsi. Nicolò è un bambino intelligente, ma non può essere il migliore della classe...

– Davvero lo crede? Non c'è ancora tanto tempo per migliorare?

– Certo che può migliorare, e la nostra scuola è l'ambiente ideale per lo sviluppo dei bambini. Ma non è una corsa a chi arriva primo, e poi Nicolò soffre moltissimo il clima da competizione che esiste solo nella sua testa. Ha bisogno di un'atmosfera più tranquilla per guadagnare fiducia in se stesso. Ne ha proprio bisogno, sa?»

Federica rimase senza parole, come non le accadeva da tanto tempo.

L'insegnante continuò: – Nicolò è un bambino diligente e pieno di volontà, ma è anche molto sensibile. Lo deve aiutare col suo affetto. Solo lei e il papà potete farlo.

Tornando a casa, le parole dette dalla maestra, “non può essere il migliore della classe”, “soffre moltissimo il clima da competizione”, echeggiarono più volte nella mente di Federica. Non era quello che si meritava. Guai se si viene a sapere in ufficio, fu la sua preoccupazione successiva. Qualcuno avrebbe potuto approfittare di quell'informazione per metterla in difficoltà. Sapeva che doveva pararsi da tanti colpi, sul lavoro, e quella debolezza l'avrebbe resa più vulnerabile.

"Ma lo vedranno chi è Federica Tosi, se ci provano" reagì tra sé e sé.

Eppure, eppure che fare con Nicolò? Non lo sapeva ancora. Al colmo della rabbia, una volta a casa salutò la baby-sitter e disse a Nicolò che prima di cena dovevano parlare.

– Nicolò, mi spieghi cosa ti è successo agli esami per avere dei voti appena sufficienti? Ho fatto di tutto per prepararti bene, frequenti il doposcuola e ti ho trovato una brava maestra per le lezioni a casa. Sembravi pronto. E allora, che cos'hai combinato?

Nicolò sentì che la mamma era irritata e ne fu intimorito. Balbettò: – Io... io...

– Io cosa? Parla bene, non sei mica un bebè.

– Io... c'era poco tempo... eh...

– È tutto quello che sai dire? Dammi qualche altra ragione, forza.

– Eh... ho sbagliato un calcolo...

– E cosa c'entra questo con l'esame d'italiano? Cos'è successo lì?

– Mi dispiace... eh

– Sì, ti dispiace, ti dispiace. Mi hai proprio deluso.

Nicolò scoppiò a piangere.

– Ah, adesso piangi pure. Ma lo sai che dovrei essere io a piangere? Non so più come fare con te.

Il bambino, che aveva portato le mani agli occhi, non interrompeva il suo pianto.

Dopo un po' Federica, con un tono di voce finalmente materno, gli disse: – Dai Nicolò, hai pianto abbastanza. Calmati. Vai in bagno ad asciugarti la faccia e poi ceniamo.

Messolo a letto, andò in salotto, si versò un bicchiere di buon vino rosso e si abbandonò sulla poltrona. Il dubbio si stava insinuando in lei. Cosa stava sbagliando con Nicolò? Ripercorse con la mente le settimane appena trascorse. Aveva dato il massimo, gli era stata vicino e lo aveva riempito d'affetto. Non aveva nulla di cui rimproverarsi, piuttosto doveva essere colpa di quel buono a nulla del suo ex. Perdeva troppo tempo con giochi inutili quando stava con Nicolò e poi gli lasciava fare quello che voleva e non gli chiedeva di concentrarsi sui compiti. Lui non era in grado di focalizzarsi sugli obiettivi e con la sua nefasta influenza trascinava giù anche Nicolò, impedendogli di sviluppare al meglio le sue potenzialità.

Il vino le lasciò un retrogusto amaro, quella sera. Se ne andò nello studio e si sedette al computer. Aveva ancora del tempo prima di andare a dormire, avrebbe potuto rivedere alcuni documenti. Si concentrò a fondo nella lettura e in un attimo le preoccupazioni di poco prima svanirono dalla sua mente. L'indomani sarebbe stata pronta per partire a razzo, in ufficio.

La domenica successiva il padre venne a prendere Nicolò per la settimana che avrebbe trascorso con lui. Il lunedì sera chiamò Federica, deciso ad affrontare la sua ex moglie.

– Federica, la vuoi smettere di tormentare il mio Nicolò?

– Che vuoi dire?

– Come che vuoi dire? Mi ha detto che la mamma non gli vuole più bene.

– E tu credi alle fantasie di un bambino? Sei sempre un tonto. Non gli ho mai detto una cosa del genere, come potrei?

– Anche se non glielo hai detto lo pensi e lui ormai lo sente.

– Senti, smettila con queste stupidaggini o chiudiamo qui. Con tutto quello che faccio per lui non ho voglia di sentire idiozie.

– Tutto quello che fai per lui... certo, certo. Ma non gli sai dare amore. È di questo che ha bisogno, lo capisci o no?

– Io voglio prepararlo per la vita, che sia pronto a tutte le lotte che dovrà affrontare. Voglio che sia forte, che diventi un vincente. È per questo che lo stimolo tanto.

– Ma i bambini hanno bisogno di amore per crescere sani... l'affetto, l'amore prima di tutto.

– Gliene do tanto d'affetto, che ne sai tu! Ma voglio anche evitare che cresca nella bambagia. Diventerebbe molle, un perdente... un perdente come te. Guardati, non hai fatto uno straccio di carriera, sempre un impiegatucolo sei, con i capi che fanno di te quello che vogliono. Io invece, sono io a far girare le persone attorno a me, tutti mi temono e mi rispettano.

– Io non cambierei la mia vita con la tua manco se mi ammazzassero. E Nicolò deve avere il diritto di scegliere la vita che fa per lui. Non che gli si imponga un cammino obbligato per il quale non è adatto. Lo capisci o no? La vuoi smettere di fare la strega?

– A me non dici strega, razza di ameba che non sei altro.

– Lascia stare gli insulti, che detti da te non mi fanno né caldo né freddo. Piuttosto, avrei una cosa da proporti.

– Tu, una cosa da propormi? Però, hai fatto progressi da quando ti ho lasciato.

– Risparmia il tuo sarcasmo. Qui si tratta di Nicolò. Sono sicuro che gli farebbe bene...

– Ho capito, ho capito! Lasciarlo più tranquillo, dargli più tempo per il gioco, eccetera eccetera.

– Non solo questo. Gli farebbe bene passare più tempo con me. Starebbe da me quasi per due settimane, trascorrendo da te solo un fine settimana ogni due. Mi occuperei io della scuola, delle attività pomeridiane, delle lezioni private. Certo, con l'aiuto di una baby-sitter.

Federica ascoltò con una certa sorpresa quanto l'ex marito gli stava dicendo. Non rispose con la consueta rapidità.

– Con te quasi tutto il tempo? Ma come potresti farcela?

– Non ti devi preoccupare. Quando c'è l'amore tutto è possibile e io voglio bene a Nicolò più che a me stesso.

L'ex continuava a sorprendere Federica. Doveva esserci qualcosa dietro, di certo voleva qualcosa in cambio. Gli disse: – È insolita la tua offerta. Ma dimmi, non mi chiederai mica di versarti una somma ogni mese se ti occupi di Nicolò, vero? La parte economica l'abbiamo già definita col divorzio e non se ne parla proprio di cambiarla.

– Stai tranquilla, non voglio i tuoi soldi. Voglio solo passare più tempo possibile con Nicolò. E poi ce la faccio da solo, anche se non potremo sprecare nulla.

– Ma a Nicolò comunque non mancherà mai niente. Gli farò sempre tanti regali per mostrargli il mio affetto.

– Ecco, brava. Che ne dici allora?

– Dammi un po' di tempo per riflettere. Devo prendere in considerazione tutti gli aspetti della tua proposta.

– Va bene, ma tieni in mente soprattutto una cosa: questa soluzione farebbe molto bene a Nicolò.

Il mercoledì sera Federica chiamò il suo ex.

– Allora, senti, ci ho riflettuto. Mettiamo tutto nero su bianco, visto che le condizioni fissate per il divorzio cambiano. Nessuna variazione sulla parte economica.

– Va bene, te l'ho già detto che non c'è nessun problema.

– Sarò felice di stare con Nicolò ogni due fine settimana. Saranno sempre delle giornate molto intense. Diglielo già, ché poi gli parlerò io.

– Va bene.

Riappoggiato il telefono, Federica provò un acuto senso di soddisfazione. D'ora in poi avrebbe potuto dedicarsi con tutte le energie al lavoro e alla carriera: poteva ancora salire di grado e, soprattutto, lo voleva. E la nuova libertà non le era costata nulla. Avrebbe potuto mantenere un rapporto intenso con Nicolò, che era pur sempre suo figlio, anche se intimamente lo sentiva meno suo. Ma i problemi che lui aveva non le avrebbero più dato noia, se ne sarebbe occupato l'ex. Le era stato proprio utile il suo ex, questa volta. Doveva riconoscerlo, anche se non aveva alcuna stima di lui. L'indomani la pantera sarebbe tornata di buon mattino nella sua giungla preferita, più forte e agguerrita che mai.

Si diresse nel corridoio, si rimirò allo specchio compiacendosi ed esclamò a voce alta: – Fate largo, arriva Federica Tosi!

GIANLUCA E L'AMMINISTRATORE DELEGATO

– Sedetevi dove volete, i posti non sono assegnati. C'è solo una regola da rispettare: alla mia destra e alla mia sinistra si siedono due donne.

Fu la prima frase che Gianluca Inardi udì dire al nuovo amministratore delegato, François Colombani. Gianluca, ingegnere di produzione nella sede principale della Teltronica a Milano, si era registrato sull'intranet quando Colombani aveva comunicato la sua intenzione di incontrare un buon numero di dipendenti in una serie di pranzi, in piccoli gruppi di una quindicina di persone. Era stato selezionato e assegnato al 10 maggio, e si era ripromesso di fare una domanda, importante per lui e per tanti suoi colleghi.

In sala c'erano un paio di persone desiderose di farsi notare dal nuovo boss, per cui dovette aspettare un po' prima che arrivasse il suo turno.

– Dottor Colombani, secondo delle voci di corridoio, lo stabilimento dell'Aquila potrebbe essere chiuso a breve. Molti miei colleghi della produzione sono preoccupati per questo, e non solo all'Aquila. Può dirci qualcosa sui piani dell'azienda a proposito?

Colombani gli rispose con una larga risata: – Forse lei ha interesse a essere trasferito all'Aquila? O facciamo L'Aquila la sede principale del gruppo in Italia? – Poi aggiunse, redarguendolo: – Non dia troppa retta ai *rumeurs*. La prossima volta, quando c'è un problema reale, non mi parli del problema, ma mi indichi la soluzione, d'accordo? La prossima domanda, prego.

A parte il tono, con il quale Colombani aveva dimostrato la sua posizione dominante, gli aveva dato una non-risposta, pensò Gianluca. Quel giorno non avrebbe tratto alcuna informazione sull'argomento.

Nelle settimane seguenti Gianluca e gli altri dipendenti dell'azienda assistettero alla nomina di nuovi dirigenti legati a Colombani. Uno dei primi a essere messo da parte fu il direttore del personale, sostituito da un'ambiziosa donna proveniente dall'esterno, Federica Tosi. Le posizioni nell'ufficio dell'amministratore delegato vennero rimpiazzate quasi tutte: Colombani si portò dietro due suoi fedeli collaboratori dalla Francia, ai quali assegnò molto potere. Aumentò inoltre il numero delle segretarie dell'ufficio, tutte donne. Ci fu una girandola di nuove nomine ai vertici di diversi dipartimenti dell'azienda, talvolta con spostamenti di un dirigente da un settore all'altro ma più spesso con nomi nuovi, non di rado francesi.

A Gianluca fu chiaro che Colombani stava stringendo la sua presa sulla Teltronica, da poco acquisita dalla Télatel, e che la luna di miele iniziale non sarebbe durata a lungo. Gli concedeva tuttavia ancora il beneficio del dubbio, nonostante le voci su come l'enarca si fosse comportato durante il suo incarico precedente nella casa madre, colosso mondiale delle telecomunicazioni. Non immaginava cosa aspettasse lui e i suoi colleghi.

Verso la fine del sesto mese dall'ingresso di Colombani arrivò il primo botto, a dire il vero non del tutto un fulmine a ciel sereno: venne annunciata l'intenzione di chiudere il sito dell'Aquila. Più di tre quarti dei dipendenti avrebbero dovuto trovare lavoro altrove – questo fu l'eufemismo usato – e solo per i rimanenti l'azienda avrebbe offerto il trasferimento a Milano. La direzione avrebbe cominciato subito a negoziare con i sindacati e con il governo italiano, ma le linee chiave della decisione erano comunque fissate.

Gianluca conosceva diversi colleghi dell'Aquila e uno di loro era un suo buon amico, anche lui di mezza età e padre di famiglia. Lo chiamò l'indomani, chiedendogli se ci fossero informazioni nuove.

– Non ancora, Gianluca, ma qui *si sta come d'autunno sugli alberi le foglie*.

– Nel caso dei casi, hai un piano B?

– Non ho nessun piano B, Gianluca. Ma lo sai anche tu, se mi licenziano sarà quasi impossibile che trovi un posto allo stesso livello. Ho paura, capito, ho paura per la mia famiglia.

A conversazione chiusa, Gianluca strinse i pugni, gli accelerò il battito del cuore, sentì delle fitte alla testa; lui, distante centinaia di chilometri, ma vicino da un punto di vista emozionale. Perché Gianluca era così: per le persone care e gli amici provava un'empatia fortissima, fino a specchiare la loro sofferenza quando loro soffrivano. In capo a meno di tre mesi, le decisioni sul personale in esubero all'Aquila furono annunciate. Il suo amico non si salvò e gli comunicò il proprio licenziamento al telefono d'ufficio con tono quasi neutro. Ma in una chiamata col cellulare la sua voce fu più sincera, carica di tristezza, e fece commuovere anche Gianluca. Fu la prima volta che Gianluca lanciò una maledizione al *Roi Soleil*, l'appellativo ormai usato da una buona parte del personale, forse coniato in origine da un sindacalista.

Nel frattempo vi erano stati cambiamenti importanti nella comunicazione interna, promossi a gran ritmo dal nuovo dirigente del servizio, assunto dall'esterno.

La gazzetta interna, con cadenza bimestrale, era stata fino ad allora un gradito elemento condiviso da quasi tutti i dipendenti dell'azienda, non incentrato solo su tematiche di lavoro, bensì ricco di contributi personali relativi a eventi di interesse comune, club del tempo libero, hobby e piccoli annunci. In breve si trasformò in una fredda gazzetta di propaganda aziendale, piena di elogi nei confronti della politica seguita dal management, nella quale la parte del leone la faceva sempre lui, Colombani: compariva più volte in ogni numero con interviste, dichiarazioni, fotografie. Quasi tutti i dipendenti smisero di leggerla.

Venne lanciata la tv aziendale interna e comparvero decine di schermi in diversi punti di passaggio nelle sedi della società. Non riuscì tuttavia a riscuotere un grande interesse, data la povertà e ripetitività dei contenuti, e tanti pensarono che fossero soldi sprecati solo per soddisfare l'ego di Colombani e del suo circolo ristretto.

Passato circa un mese dallo shock dell'Aquila, Gianluca partecipò a una cena in un ristorante esclusivo in zona Brera, alla quale erano stati invitati alcuni dipendenti che si erano distinti per l'ottima *performance* l'anno precedente. Vi avrebbero partecipato anche tre direttori generali, tra cui il suo, e un collaboratore dell'ufficio di Colombani. Il giorno prima si seppe che il collaboratore presente sarebbe stato il suo braccio destro, uno dei due che si era portato dietro dalla Francia: Jacques Renard. Quest'ultimo si era guadagnato una reputazione di spietatezza e nei corridoi si sentiva dire che fosse temuto persino dai direttori generali, pur essendo a un livello gerarchico più basso. Gianluca non aveva avuto a che fare con lui fino a quel momento, per cui ne aveva sì un'opinione negativa, ma ancora distaccata.

Quando Gianluca si sedette al tavolo che gli era stato assegnato, il tavolo centrale della sala era ancora vuoto. Una ventina di minuti dopo una persona annunciò al microfono l'ingresso dei *vip* della serata. Decine di paia di occhi si volsero all'unisono verso l'entrata. Erano in sei: i tre direttori generali, un uomo e una donna che Gianluca non conosceva, che dovevano essere due dirigenti di livello più basso o due assistenti, e poi lui, Jacques Renard. Era il più piccoletto e attirò l'attenzione di Gianluca: nero di capelli e di occhi, vestito di nero con un abito triste, le sopracciglia folte e tetre, secco come uno stecco, la pelle rugosa e raggrinzita. E lo sguardo cattivo e penetrante. Gli pareva un colletto bianco della mafia. Rabbrividì. Più tardi gli fu vicino solo una volta, quando venne presentato dal suo direttore generale.

Gianluca accennò inconsciamente un inchino mentre gli stringeva la mano. Renard disse dapprima due parole di circostanza, in un inglese dal marcato accento francese, con una voce bassa e roca. Poi il suo tono si fece pungente: – *So, you work in the production, right? Well, at present you are quite inefficient, you need to improve a lot and I'll show you how.*

Gianluca rimase raggelato e tirò un sospiro di sollievo quando subito dopo poté allontanarsi da quell'individuo.

"Di persona è ancora peggio di come viene descritto" pensò.

Rimase piuttosto taciturno per il resto della serata e quella notte dormì male.

Nel tardo pomeriggio dell'ultimo giorno lavorativo dell'anno, comparve sull'intranet un *communiqué* di Colombani. Elogiava i risultati ottenuti dall'azienda nell'anno che volgeva al termine. La chiusura del sito dell'Aquila, che sarebbe stata conclusa entro qualche mese, faceva parte del necessario processo di modernizzazione e razionalizzazione attraverso il quale la filiale italiana doveva passare, per armonizzarla con la casa madre e renderla più forte e competitiva. Nell'anno a venire si sarebbe continuato sulla strada della modernizzazione, ormai ben tracciata, e Colombani si diceva sicuro di poter contare sul sostegno convinto di tutti i dipendenti, ai quali faceva i migliori auguri di salute e successo.

Gianluca sapeva cosa volesse dire in realtà quel testo e con lui tutti i suoi colleghi. Modernizzazione e razionalizzazione erano i termini che venivano usati quando nei piani alti progettavano di fottere i dipendenti. E poi l'uscita del comunicato quasi a tempo scaduto era molto sospetta.

Riuscì comunque a trascorrere la pausa festiva in maniera abbastanza serena. Andò con la moglie Giovanna e le due figlie verso Campobasso, la sua città d'origine, rivide i genitori, la sorella e un paio di buoni vecchi amici. La sua inquietudine rimase sotterranea ed emerse solo in tre o quattro occasioni.

A fine gennaio Colombani annunciò la chiusura del reparto di ricerca e sviluppo in Italia: era ridondante rispetto alla ben più grande struttura analoga della casa madre. Ad alcuni dei tecnici sarebbe stato offerto il trasferimento nella struttura francese, che era all'avanguardia. A Gianluca pianse il cuore: quel reparto aveva avuto una storia gloriosa in un passato non troppo lontano, ricca di invenzioni e prodotti innovativi. E poi c'erano altre persone che perdevano il lavoro e non erano numeri per Gianluca, alcune le conosceva bene. Ebbe un accesso di rabbia, la rabbia dell'impotenza.

Ormai era ben chiaro a tutti chi detenesse il potere nell'azienda, la *trinità* Colombani-Renard-Tosi. L'ultima parola ce l'aveva sempre l'amministratore delegato, certo, ma molte idee, quelle più cattive, erano farina del sacco della pantera Federica Tosi e dello squalo Jacques Renard: gli appellativi con i quali i due venivano chiamati. Un giorno comparve sugli schermi della tv interna un nuovo messaggio, inframmezzato nel breve programma trasmesso di continuo:

La produttività, tutta la produttività, nient'altro che la produttività – Questo è il nostro motto.

"Non è possibile" pensò Gianluca, e non solo lui, "ma questi sono maniaci!"

In seguito, ragionando a mente fredda con un paio di colleghi, risalì al vero significato del messaggio: era una dimostrazione di potere, quella di far passare decisioni assurde in modo che tutti ne parlassero, si lamentassero, imprecassero anche, senza poter fare nulla. Il messaggio scomparve dopo una settimana. Qualcuno, che conosceva un membro della comunicazione interna, venne poi a sapere che l'iniziativa era partita da Renard. Il direttore della comunicazione interna aveva solo eseguito un ordine. La voce si sparse, giunse alle orecchie di Gianluca, che lanciò una maledizione sentita a Renard.

A dire il vero c'era chi opponeva una resistenza esplicita allo strapotere della trinità: Giovanni Brandi, il capo dell'Unione del Personale della Teltronica, l'UPT, il primo sindacato nell'azienda per numero di iscritti. Aveva cominciato appena ventenne come operaio qualificato, poi con l'esperienza sul campo e seguendo diversi corsi di formazione era diventato tecnico nel reparto della produzione. Bravo dal punto di vista professionale e soprattutto estroverso e abile nei contatti sociali, si era costruito una fitta rete di relazioni all'interno dell'azienda, finché, quasi sette anni prima, si era presentato alle elezioni dei rappresentanti sindacali, facendosi eleggere agevolmente. Con il suo lavoro schietto era stato apprezzato da molti, fino a raggiungere la posizione di presidente dell'UPT. Alto, snello, scuro di capelli e con una calvizie pronunciata, celava una tempra decisa sotto l'aspetto mite. Con la sua memoria storica e il suo fiuto nel valutare le persone, era stato tra i primissimi a comprendere quanto potessero essere pericolosi Colombani e la sua *clique*.

Sotto la sua guida l'UPT intensificò l'emissione di bollettini informativi, nei quali la propaganda della dirigenza veniva messa a nudo, con dati fattuali più che con una contro-propaganda. Riuscì a coinvolgere un numero crescente di persone, a convincerle che il sindacato era l'unico baluardo contro l'arbitrio di Colombani e dei suoi sodali. Aumentarono le riunioni e le assemblee e si cominciò a discutere con sempre maggiore intensità di possibili azioni di contrasto.

Anche Gianluca si avvicinò al sindacato, lui, che mai prima di allora ne aveva avuto bisogno. Cominciò pure a investire in prima persona piccole quantità di tempo.

Al termine di un incontro si confidò con un collega che conosceva appena: – Ci si sente meglio, cercando di fare qualcosa, vero?

– Proprio così. Anch'io partecipo da poco a queste riunioni. Non sopportavo più di restare passivo nel mio angolino, a rodermi il fegato.

– La penso come te. Venire qui mi riduce la rabbia.

– Ci rivedremo presto, allora.

Un giorno si seppe che Colombani aveva ingaggiato due guardie del corpo per sé e altre due erano state ingaggiate per sorvegliare Tosi e Renard.

"Maledizione, ma dove siamo finiti" fu la reazione di Gianluca. "Com'è cambiata l'atmosfera, come sono cambiati i rapporti tra gli alti dirigenti e tutto il resto del personale, e così in fretta".

Molti parlavano di lasciare la Teltronica di propria iniziativa, ma poi pochissimi fecero quel passo: il mercato del lavoro non era facile e c'era solo un pugno di aziende interessanti per la loro professionalità.

A Gianluca giunse anche voce che Colombani avesse a disposizione fondi neri consistenti per le sue manovre, per rinforzare la sua posizione di burattinaio. Un collega a lui vicino aveva raccolto le confidenze di un membro del consiglio d'amministrazione della società. Gianluca si convinse ancora di più che faceva bene a essere un membro attivo del sindacato. Meno male che c'erano persone coraggiose come Brandi a fare da guida. E attorno a lui si era formata una prima linea niente male. Un po' di fastidio lo dovevano dare a Colombani e la sua banda.

Gianluca aveva visto giusto: una sera di metà maggio comparve sull'intranet un altro dei famigerati *communiqué* di Colombani: annunciava il licenziamento per colpa grave non solo di Brandi, ma anche di un'altra esponente del direttivo dell'UPT, Isabella Mantoni. Secondo il comunicato, Brandi avrebbe esercitato un *mobbing* grave e ripetuto nei confronti di un collega che non desiderava più essere appoggiato dal sindacato in una controversia contro la società. La Mantoni invece avrebbe diffamato la dirigenza, diffondendo notizie false e tendenziose alla stampa. Colombani si era sentito in dovere di esercitare l'obbligo di protezione nei confronti del dipendente nel caso di Brandi e nei confronti dell'azienda stessa nel caso della Mantoni.

In più Malika Benvenuto, un'estroversa donna dalla doppia nazionalità italiana e francese, e con un ramo della famiglia proveniente dal Marocco, venne associata a Brandi nel caso del supposto *mobbing* e fu demansionata.

Non era solo un colpo duro ai tre sindacalisti, era anche un vero e proprio pugno allo stomaco sferrato ai dipendenti non allineati sulle posizioni della dirigenza, la grande maggioranza. Gianluca lo sentì in tutta la sua violenza: quando lesse il comunicato gli mancò il respiro per davvero. Per di più aveva un rapporto d'amicizia con Malika. Tornato a casa, non riuscì a calmarsi e passò una notte insonne.

L'indomani in tanti si chiesero: "Cosa facciamo, manifestiamo, scioperiamo?". La paura e la preoccupazione si mescolavano alla rabbia e alla voglia di rivalsa. I membri del direttivo sindacale superstiti indissero un'assemblea generale d'urgenza, nella quale venne votato lo sciopero quasi all'unanimità. Fu una valvola di sfogo per la frustrazione di tutti i presenti. Tuttavia anche la notte che seguì fu pessima per Gianluca: riuscì a prendere sonno solo all'arrivo dell'alba.

Al primo giorno di sciopero ne seguì un secondo, poi un terzo e un quarto. Inutilmente. Non ci fu sufficiente decisione né sufficiente compattezza e la partecipazione andò scemando. Colombani e la sua cricca poi sapevano usare con efficacia le armi della paura e della pressione morale. In un'altra assemblea, il sindacato e il personale divisi, si stabilì di terminare gli scioperi, di dare sostegno economico a Brandi e Mantoni, e di controbattere seguendo le vie legali: il Tribunale del Lavoro era la loro unica speranza. In una causa d'urgenza come quella la procedura sarebbe stata abbastanza rapida. La soluzione legale era però solo un ripiego, lo sapevano tutti. Ci sarebbe voluta tanta pazienza e non sarebbe stato facile mantenerla: le cose giravano così in fretta! A Gianluca rimase a lungo un sapore amaro in bocca.

La Teltronica aprì alcune nuove posizioni nel dipartimento legale interno: si cercavano avvocati specializzati nelle controversie di lavoro.

– Maledetti – imprecò Gianluca. – Con il bilancio aziendale, con i soldi che guadagniamo noi, assumono altri lanzichenecchi da metterci contro. Hanno licenziato gente produttiva e poi ingaggiano questi qui che anche se andasse bene sarebbero dei parassiti. Meno male che il sindacato ha due buoni avvocati, soprattutto quella donna, Dariya Shayegan, di origine persiana. Ma ne avranno tanti contro, sarà dura.

Di nuovo il suo cuore batté più forte e gli pulsarono le tempie.

Fu quella volta che la sua mente cominciò a fantasticare: ancora in ufficio, Gianluca si immaginò quale grande avvocato, che insieme a Dariya sconfiggeva in tribunale lo stuolo di mercenari di Colombani. Il vero avversario era lui e Gianluca si poneva per la prima volta al suo livello, anzi dimostrava di essere più forte di quel bastardo.

Era un ultimo baluardo di autodifesa, la fuga in un mondo immaginario, perché in quel momento percepiva la realtà come troppo misera per poterla sopportare. Si riscosse dopo pochi minuti, tornò a concentrarsi sul lavoro, ma il cuore continuava a battergli forte.

Cominciarono a circolare voci, via via sempre più insistenti, sulle intenzioni dell'azienda di ridurre il personale. Il comunicato di Colombani alla fine dell'anno precedente non era mai stato dimenticato, in fondo la modernizzazione da lui annunciata continuava a incombere su tutti come una spada di Damocle. Alcune fonti parlavano di licenziamenti mirati, altre di licenziamenti a valanga. Qualcosa di vero doveva esserci, le voci puntavano tutte nella stessa direzione e le fonti erano differenziate. A Gianluca venne poi in mente la battuta velenosa che Renard gli aveva fatto l'anno prima. Un velo d'ombra avvolse le vacanze estive di tanti dipendenti, e Gianluca, al mare con la moglie e le due bambine, riuscì a rasserenarsi ben poco.

Il botto arrivò la sera di venerdì 20 agosto: un nuovo comunicato di Colombani, che annunciava un taglio del 25% dei dipendenti, da realizzarsi nei sei mesi successivi. Si dovevano compiere razionalizzazioni importanti per mantenere l'azienda competitiva nel futuro, cancellando tra l'altro alcune funzioni già presenti nella casa madre. Ai dipendenti che sarebbero rimasti si chiedevano maggiori sforzi e in un periodo di cinque anni la produttività per persona sarebbe dovuta aumentare del 33%. Coloro che avrebbero lasciato la società avrebbero ricevuto pieno sostegno da parte delle risorse umane. La Teltronica doveva infatti diventare un'azienda modello e avrebbe quindi esercitato il suo dovere di protezione nei confronti dei dipendenti, anche quelli uscenti, in misura maggiore che in passato.

Il lunedì comparve su intranet un comunicato di Federica Tosi, con il quale si annunciava la creazione di una nuova sezione di *Talent Separation* nell'ambito delle risorse umane, che si sarebbe presa cura di accompagnare per un periodo i dipendenti che cessavano la loro collaborazione con l'azienda. Con questa misura d'avanguardia la Teltronica compiva un passo importante verso la dimensione annunciata di azienda modello.

Gianluca apprese del comunicato di Colombani appena rientrato a casa, leggendo un messaggio Whatsapp in un gruppo di colleghi. Imprecò d'istinto e arrivò nervoso a cena. Parlò poco e quasi non ascoltò le figlie mentre raccontavano della giornata a scuola. Poi la moglie lo vide in uno dei suoi accessi d'ira muti: si irrigidiva tutto, socchiudeva gli occhi, tremava. Lei sapeva che non doveva parlargli in quei momenti, per non interrompere quella sorta di *trance*, altrimenti la sua collera sarebbe esplosa. Prima che terminassero il pasto, Gianluca gridò due volte "Maledetti bastardi", incurante della presenza delle bambine.

Provò a guardare un telegiornale mentre la moglie le accompagnava a letto, ma le notizie lo innervosivano e spense il televisore dopo poco. Quando Giovanna tornò nel soggiorno, lui sfogliava inquieto un libro.

– Gianluca, ti devi controllare di più. Prima hai spaventato le bambine.

– Lo so, mi dispiace.

– Non ti chiedo adesso quello che è successo al lavoro. Me lo dirai domani. Ma se sei così nervoso forse è meglio che andiamo a letto presto. Anch'io sono stanca oggi.

– No, meglio che tu dorma da sola. Sarà una notte agitata per me, lo sento, e terrei sveglia anche te. Io andrò nella stanza degli ospiti. Ma tra un po', adesso è troppo presto.

Prima di coricarsi, Gianluca fece un nuovo giro con la fantasia. La prima volta era andato troppo di fioretto: un avvocato, no, non bastava a fargliela pagare a quel bastardo. Ci voleva una vera e propria spedizione punitiva per menarlo come si deve. Non era qualcosa che voleva e poteva fare di persona, si immaginò allora di ingaggiare un paio di sgherri della camorra, dei professionisti in grado di neutralizzare le guardie del corpo. Ci poteva arrivare in qualche modo tramite le sue conoscenze campane, ne aveva tante, un ramo della sua famiglia proveniva da Napoli. L'avrebbe fatto pestare a sangue, per mandarlo in ospedale per mesi.

Si ridestò da quell'orribile sogno a occhi aperti e si infilò nel letto, più frustrato di prima.

Il lunedì, quando lesse della nuova sezione di *Talent Separation*, commentò con alcuni colleghi: – Certo che le risorse umane di oggi sanno proprio usare delle belle parole per fotterti.

Qualcuno ribatté: – Ma vi ricordate? Una volta quelli dell'ufficio del personale erano al nostro servizio. Adesso invece sembra che siano loro a controllare l'azienda.

– È la filosofia francese: dare molto potere alle *ressources humaines,* mentre i tecnici sono dei numeri intercambiabili. Non per niente l'espressione *ressources inhumaines* l'hanno coniata loro – aggiunse Gianluca, che aveva studiato il francese ancora prima dell'inglese e conosceva bene la Francia.

Piano piano vennero rivelati i dettagli del drammatico piano di ristrutturazione. I tagli maggiori, in misura del 30%, sarebbero toccati proprio al reparto della produzione, mentre le risorse umane e il dipartimento legale non avrebbero subito alcuna riduzione. Si diffuse il panico nel disgraziato reparto. Quanto a Gianluca, quel numero gli rimbombò nella testa: il 30%, il 30%... ma allora poteva toccare anche a lui, anche se era tra i migliori. C'erano tanti colleghi più anziani di lui e tra quelli ci sarebbero state tantissime vittime.

Ma c'erano anche tantissimi giovani, con stipendio più basso del suo, molti solo con contratti a termine. Quelli li avrebbero tenuti quasi tutti, costavano di meno ed era l'unica cosa che contava. Cercò di consolarsi: lui era bravo, era produttivo, avrebbero colpito molti suoi colleghi vicini, ma non lui.

Interruppe all'improvviso il suo flusso di pensieri e si vergognò di se stesso: per un attimo si era augurato il licenziamento di persone a lui prossime, anche degli amici, pur di salvarsi.

– Maledetti – imprecò, – non riuscirete a cambiarmi così, a farmi desiderare il male per i miei amici, nemmeno se mi ammazzate!

Il male per Colombani e la sua cricca se lo augurava, invece, e sempre più forte.

Li dovevo trovare tutti insieme, per occuparmi di loro. Mi hanno facilitato il compito loro stessi, molte riunioni dirigenziali non le tengono segrete. Se ne conosce l'agenda, almeno la parte ufficiale, e si sanno data, ora e luogo. Così sono venuto a conoscenza di una: ci saranno tutti e tre, oggi alle 10, nella sala principale delle riunioni. Sono arrivato un quarto d'ora in anticipo, per controllare il loro ingresso. Mi mantengo in disparte, a una ventina di metri dalla porta principale, per non farmi notare. Davanti alla porta staziona una delle guardie del corpo del bastardo. Entrano diverse persone che non mi interessano. Ecco, la prima dei tre ad arrivare è la Pantera. Altre persone per me insignificanti. Arriva anche lo Squalo, persino più brutto di se stesso: ma lo sarà molto di più dopo il trattamento che sto per riservargli. E infine, da un corridoio laterale, sbuca un uomo il cui viso conosco molto bene, con gli occhiali dalla montatura di metallo leggera. Ha il solito incedere napoleonico ma non durerà a lungo, ah no, anzi, ancora per poco. Al solo pensiero di quello che sto per fare sento il mio viso sfoderare un magnifico ghigno di soddisfazione.

Attendo alcuni minuti e poi mi avvicino un po' alla porta. Vorrei almeno capire chi sta parlando nella sala. No, non ci riesco. Devo accostarmi e tendere l'orecchio. La guardia mi squadra e mi chiede in modo brusco chi stia cercando. Gli rispondo con grande calma, solo per prendere tempo.

– È una riunione interessante, quella di oggi, sul piano strategico di razionalizzazione.

– Ma lei non fa parte dei partecipanti, non ha la tessera.

– Non importa.

Mi avvicino a lui. Verifico che non è armato, come credo. Potrei farlo volare per metri con un pugno, sono immensamente forte, ma non ce l'ho con questo povero cristo, lui è innocente. Gli do solo una spinta energica facendolo cadere a terra. Mi sono sottoposto a un trattamento a base di raggi gamma di mia invenzione, che mi ha fatto diventare super forte – super intelligente lo ero già. Apro la porta a doppia anta, la richiudo e la blocco dall'interno. Mi incammino senza fretta verso il bastardo, che sta parlando al microfono sul podio della sala. Tutti si voltano verso di me. Saranno poco più di una trentina di persone, ci sono i pezzi grossi della Teltronica. Colombani mi intima, col suo solito tono di superiorità: – Lei che ci fa qui, se ne vada subito.

Lo ignoro.

– Se non torna subito indietro chiamo la guardia.

Mi hai stufato, coglione. Scatto a tutta velocità, lui è sorpreso che io sia rapido come un ghepardo, indietreggia appena un po'. Ma io sono già su di lui, lo afferro per la cravatta, gli tolgo gli occhiali – perché quello che sto per fare lo voglio fare in maniera corretta: ho una morale, io. Gli sferro un pugno badando a controllare la mia super forza, è sufficiente a farlo volare per un paio di metri, fargli saltare un bel numero di denti e, a giudicare dal rumore prodotto, gli ho spaccato la mascella. È a terra, grida, grida forte di dolore, la metà inferiore della faccia tutta insanguinata, sembra un disgraziato, altro che Roi Soleil.

Potrei godermi questa scena magnifica ancora per qualche istante, ma devo terminare la mia opera, tra un po' riusciranno ad aprire la porta della sala. Corro iper-veloce verso lo Squalo, lui prova a scappare, ma è un bradipo rispetto a me. Lo afferro, lui è terrorizzato, sembra uno sgorbio, altro che uno squalo. Gli riservo lo stesso trattamento toccato a Colombani, a me piace fare le cose giuste. Il suo grido di dolore è più stridulo di quello di Colombani, lugubre e al tempo stesso un po' ridicolo.

Adesso tocca alla Pantera. Lei rimane ferma al suo posto e mi guarda fiera. Ma è solo una maschera, lo so, percepisco nitidamente il suo terrore. Le sono di fronte. È una donna, non la posso colpire come ho fatto con Colombani e Renard. Le do uno schiaffo forte, lei grida, ma non troppo.

Stanno aprendo la porta da fuori. Mi fanno un baffo, in un attimo mi lancio verso la vetrata esterna, frantumo il vetro, scendo rapidissimo, tocco terra, mi dileguo...

Mi risveglio. Questa volta il mio sogno a occhi aperti è stato lungo. Mi sento frustrato, ma al tempo stesso un po' di soddisfazione la provo. L'ho solo immaginata, è vero, ma un'altra realtà è possibile.

Furono resi noti i primi nomi di quelli che avrebbero dovuto andarsene. C'era uno degli amici di Gianluca, Roberto, di poco più anziano, sposato e con una figlia adolescente. Sarebbe stato licenziato alla fine del mese successivo. Gianluca rifletté se lasciar passare un giorno prima di andare a trovarlo, l'amico era appena stato colpito. "No" si disse, "voglio essere tra i primi a offrirgli la mia solidarietà, per quanto poco questo possa servire".

Si recò subito nell'ufficio che l'amico condivideva con un collega e lo abbracciò.

– Mi dispiace, Roberto, mi dispiace tanto. Vorrei poter fare qualcosa, lo sai.

– Lo so, Gianluca. Comunque, almeno per un po', ce la faccio – si consolò l'amico.

Ma il suo tono era mesto. Una pena. Quando Gianluca si voltò per uscire, una lacrima solitaria gli rigò la guancia. "Che siano dannati" si disse, "fanno fuori Roberto e tanti altri, e per cosa, poi? La Teltronica è già in attivo. Ma i guadagni non bastano mai, a quei bastardi. Maledetto il giorno in cui siamo stati acquisiti".

Il susseguirsi degli infausti annunci proseguì inesorabilmente. Centinaia di vittime. Il nome di Gianluca non venne mai fatto, ma verso la fine colpirono proprio il suo amico più intimo in azienda, Marco: un po' più giovane di lui, sposato, con due figli. Il suo matrimonio dava forti segni di crisi e Gianluca sapeva tutto, i due si confidavano l'uno con l'altro. Marco gli aveva raccontato di alcune aspre litigate con la moglie e dei lunghi silenzi gelidi che seguivano. Non era sicuro che sarebbero potuti restare insieme, nemmeno frequentando una terapia di coppia, pur se entrambi adoravano i loro due bambini. E adesso gli cadeva questa grossa tegola in testa. Non se l'aspettava, non credeva di essere a rischio. Ma forse era stato ingenuo e troppo ottimista, in realtà qualche pecca la mostrava nella sua prestazione sul lavoro. Soffriva di una depressione non leggera, che talvolta gli causava dei cali di rendimento.

Gianluca si recò subito da lui. Lo trovò così abbattuto che sembrava uno straccio.

– Non so come farò, una posizione come la mia è impossibile da trovare fuori. Va tutto male per me, nella vita privata e adesso anche nel lavoro. Ho paura del futuro, capisci? Ho paura.

– Marco, mi dispiace tantissimo, lo sai. Sono dei maledetti e hanno loro il coltello dalla parte del manico. Ma ricordati, su di me puoi contare sempre. Ci potremo incontrare la sera, mi potrai raccontare tutto quello che ti passa per la testa, tutto quello che provi. E anche a me, sai, farà bene vedermi con te. Non sono mica fatto d'acciaio.

– Grazie, Gianluca» gli disse Marco laconico con un filo di voce.

Gianluca gli offrì il suo abbraccio. Lo sentì molto debole.

Mentre stava lasciando il suo ufficio, Marco gli disse ancora: – Non so se ce la farò.

A Gianluca quelle parole parvero una stilettata al cuore.

– Ma no, Marco, cosa dici? Ricordati, io non ti lascio solo.

Lo rivide l'indomani. Era stato Marco, al telefono, a pregarlo di passare da lui.

– Valeria mi vuole lasciare, capisci, mi vuole lasciare. Abbiamo avuto una litigata furiosa. Io cercavo conforto dopo la mazzata di ieri e lei mi ha gridato contro, mi ha detto che sono un buono a nulla, che non vuole più restare con me. Mi sono messo a gridare anch'io, le ho detto cosa penso di lei, che se non fosse per i bimbi l'avrei già lasciata anch'io. Poi sono volate le parolacce, i vicini ci avranno sentito di sicuro. Le ho dato una spinta per farla smettere e lei me l'ha restituita. Ma a me dispiace soprattutto per i bambini. Cosa dovranno sopportare nei prossimi tempi? Li adoro e vorrei risparmiargli tutte queste inutili sofferenze. – I suoi occhi erano umidi, la sua voce querula.

– Speravo proprio che tu e Valeria poteste restare insieme. Ma se la vostra vita si è ridotta a una lite continua, devi pensare prima a te stesso e ai tuoi tesori. Ne ho viste tante di coppie che si sono separate. Spesso è il male minore. Se la separazione è inevitabile, dovete cercare di lasciarvi nel modo meno conflittuale possibile.

– Ma non sarà possibile con lei. Valeria vorrà tutto: l'appartamento, l'affido dei figli, tutto. Si prenderà un avvocato pitbull e sarà dura come la roccia. E io come cazzo potrò fare, che perdo anche il lavoro?

– Se ti serve un buon avvocato ti aiuto io a trovarlo, stai tranquillo. Ho un amico che ha avuto un divorzio difficile, e il suo avvocato, una donna, è stata molto brava nella causa di divorzio.

– Non è solo questo...

– Che c'è, Marco, dimmi. Lo sai che con me puoi confidarti.

– La depressione... è peggiorata negli ultimi tempi. Devo prendere dei farmaci più forti e mi sembra che non basti mai. E adesso questa batosta, la separazione da Valeria, la rottura della famiglia... Non ho la forza per lottare, non ne ho la voglia.

Gianluca lo abbracciò più forte di come aveva fatto il giorno prima.

– Dai, Marco, non fare così. La forza la troverai. Pensa ai tuoi magnifici bambini. Loro non ti vorrebbero vedere così. Devi restare in forma per quando la tempesta sarà passata. E poi te l'ho detto, non sei solo, ci sono io, mi potrai chiamare quando vuoi, potremo uscire insieme quando ne hai bisogno.

– Grazie – disse Marco in modo appena percettibile.

Quando lasciò l'amico, Gianluca era sconvolto.
"Come l'hanno ridotto, maledetti. E sembra che io non possa fare nulla per aiutarlo".

1

A casa la moglie riconobbe subito una delle sue crisi, capì anzi che quella era più grave. Fu molto affettuosa con lui e chiese alle figlie di parlare poco e piano, ché papà era molto stanco. Non poté tuttavia evitare uno degli attacchi d'ira silenziosi di Gianluca. Accompagnò le bambine a letto per lasciarlo tranquillo e tornò da lui quando si furono addormentate. Gianluca le accennò di Marco, ma senza riferire della gravità della situazione, per non farla preoccupare. Le disse che quella notte preferiva dormire da solo, dopo essersi preso una mezza pastiglia di sonnifero.

Si tormentò a lungo, crogiolandosi nel dubbio e nell'angoscia: come poteva aiutare Marco, se era lui stesso ad aver bisogno d'aiuto?

Ormai so come trovarli tutti insieme. Stavolta gli farò veramente male, basta con le fisime morali! Oggi c'è una riunione dirigenziale alle 11, nella sala principale. Accanto alla porta c'è l'altra guardia del corpo del Roi Soleil. Lo Squalo e la Pantera sono già entrati, ed ecco anche l'uomo con gli occhiali dalla montatura di metallo leggera, che sprizza la sua solita alterigia. Attendo il mio momento, mi dirigo verso la guardia e, quando gli sono vicino, estraggo la piccola pistola perfettamente funzionante che mi sono fabbricato io stesso con la stampante 3d. Gliela punto alla fronte e gli intimo di allontanarsi. Apro la porta della sala e la richiudo, bloccandola dall'interno. Ho nascosto di nuovo l'arma sotto la giacca e mi dirigo verso Colombani. Tutti i presenti mi seguono con gli occhi. Il verme si rivolge a me, dominante come al solito, ma io non mi curo nemmeno di quello che dice. Tra poco vedrai cosa ne faccio della tua supposta superiorità.

Sono a pochi passi da lui. In un attimo tiro fuori la pistola e gliela punto contro. Comincia a cambiare espressione: non sei più tu ad avere il coltello dalla parte del manico, vero? Punto alla testa. Il terrore compare sul suo volto. Riesce solo a dire: – Non farlo.

Provo a schiacciare il grilletto ma qualcosa mi blocca. Ho ricevuto un'educazione cattolica, da bambino mi portavano in chiesa ogni domenica, poi ho frequentato per anni i boy-scout. Mi hanno fatto la testa come un pallone sin da piccolo che non si deve uccidere, che se ammazzi qualcuno Dio si incazza. Quinto: non uccidere! Ecco cosa mi blocca. Maledizione, i nemici hanno un vantaggio competitivo su di me, loro non hanno limiti per i loro comportamenti, per l'esercizio del potere, e io devo osservare tutta una serie di regole morali.

Abbasso la rivoltella, punto all'inguine e sparo. Si accascia a terra in una pozza di sangue e io mi godo le sue grida atroci che si diffondono nella sala. Non scoperai più in vita tua, è il minimo che ti meriti.

Ma non ho finito. Mi giro e corro verso Renard, quello scappa verso la porta, allora gli tiro a una gamba. È a terra, grida: – No, No!

Prendo la mira e gli sparo all'inguine. Par condicio, capo e scagnozzo, io faccio le cose giuste. Le sue grida sono ancora più terribili di quelle di Colombani, sembra una iena gravemente ferita. Anche tu a letto hai finito per sempre.

Finiamo l'opera. Tosi è ferma al suo posto, forse per fierezza, ma c'è una spiegazione più semplice: è paralizzata dal terrore. Punto al basso ventre. Sto per premere il grilletto, ma qualcosa mi ferma. Il pensiero che sia una donna. Ancora queste cazzo di regole morali con le quali mi hanno riempito la testa, senza che fossi io a chiederlo. All'improvviso sento che stanno cercando di aprire la porta da fuori. Mi riscuoto e sparo anche a lei. Le sue urla di dolore sono sublimi, una pantera vera colpita in una parte sensibile non saprebbe fare meglio.

Alla porta fanno capo due o tre guardie ma io scompaio all'istante, ho il potere di fare quello che voglio.

Mi ridesto e torno alla triste realtà. Ma del mio viaggio mentale rimane una discreta dose di satanico appagamento.

2

Tornò a casa nervosissimo, lo disse alla moglie, ma riuscì a mantenere l'autocontrollo a cena, in presenza delle bambine. Rimasto solo, sempre arrabbiatissimo per quanto stava succedendo a Marco, stette lì per lì per immergersi in un nuovo giro vendicativo con la mente, quando qualcosa lo bloccò: si ricordò di una conversazione avuta con Malika qualche giorno prima. Lei gli aveva detto che l'UPT stentava a ripartire, nel clima di terrore instaurato da Colombani, e aveva bisogno di energie nuove. E l'aveva sorpreso, aggiungendo: – Gianluca, perché non entri nel direttivo? Saresti la persona ideale, sei da tanti anni nella Teltronica, conosci bene l'azienda e conosci tanti colleghi, e poi hai una forte empatia. Saresti accolto a braccia aperte. Pensaci, ok?

La sua mente non aveva reagito subito a quell'invito. In un periodo così difficile per tutti era contento di dare il suo piccolo contributo al sindacato, ma lui era un quadro, non si sentiva sindacalista di natura. In passato, prima dell'avvento di Colombani, aveva anche giudicato troppo ideologiche alcune prese di posizione dell'UPT.

Ci rimuginò a lungo, ma per quella sera arrivò alla conclusione che non doveva prendere decisioni affrettate, accettando ruoli che non gli si addicevano.

Raggiunse la moglie a letto e le chiese di abbracciarlo. Ne aveva bisogno per cercare di affogare le tensioni della giornata.

1 – 2

L'indomani furono fatti i nomi delle ultime vittime della carneficina. Gianluca si era salvato. Tirò in cuor suo un sospiro di sollievo ma, al tempo stesso, si vergognò di quel sentimento: lui non voleva entrare nella logica del "sacrifico te per salvare me".

In tutta l'azienda le emozioni erano miste, il sollievo degli uni s'intrecciava all'amarezza degli altri. Solo pochi di quelli che dovevano andarsene riuscivano a vivere la situazione con distacco. Agli altri rimaneva solo il magro scudo del sindacato, indebolito dalla decapitazione occorsa al vertice.

1

La sera, il pensiero di Gianluca andò brevemente a Marco. Non lo aveva sentito, quel giorno, e si ripromise di chiamarlo l'indomani. Così fece non appena ebbe un momento di pausa. Non rispose nessuno, ma non vi diede troppa importanza. Doveva andare a una riunione convocata dal suo capo diretto, che avrebbe presentato la riorganizzazione del reparto necessaria per il calo dell'organico. In seguito il dirigente avrebbe riassegnato a ciascuno i rispettivi carichi di lavoro. Sarebbe stato pesante. Durante la riunione rimase totalmente concentrato su quanto veniva discusso, poi andò in mensa con alcuni dei presenti. Richiamò l'ufficio di Marco nel primo pomeriggio, ma il telefono rimase ancora muto.

"Strano, oggi non sarà venuto al lavoro" si disse.

Non appena ebbe un momento libero si recò nel suo ufficio. Il collega con cui condivideva la stanza, Angelo, lo informò che Marco si era messo in malattia il giorno prima.

– Hai avuto qualche informazione in più dal capo o dal personale?

– No, non mi hanno contattato. Pensavo di chiamare io il personale tra un po'.

– Possiamo farlo subito, mentre sono con te?

– Certo, Gianluca.

Venne fuori che nemmeno al personale ne sapevano di più. Videro nel calendario del reparto che il capo in quel momento era occupato, per cui non potevano chiamarlo subito. Tornato nel suo ufficio, Gianluca mandò un Whatsapp a Marco. Nell'ora e mezza che seguì controllò più volte lo stato di ricezione del messaggio: l'aveva ricevuto, sì, ma non lo leggeva. Marco, dove sei, mannaggia. All'improvviso udì un "No" angosciato provenire dal corridoio. Si precipitò fuori e vide Angelo dapprima solo con due colleghi, poi via via attorniato da altri, usciti dalle loro stanze. Si avvicinò anche lui. Angelo aveva il viso solcato dalle lacrime ed era sotto shock. Gianluca sentì un brivido terribile salirgli lungo la schiena.

Angelo ripeté a tutti, singhiozzando: – Marco Tedesco, ve lo ricordate Marco, vero? Beh, è morto.

– No... non è possibile» disse Gianluca mentre gli altri ribadivano il suo "No" o si mettevano le mani nei capelli.

– Com'è successo? Un incidente?

– No... si è suicidato. Si è... tagliato i polsi.

– Cosa? No... – gridò Gianluca, scoppiando subito dopo a piangere.

Poco dopo arrivò il dirigente, che aveva lasciato la riunione in fretta e furia. Lui non aveva nessuna colpa, era un buon capo, ma Gianluca lo identificò istintivamente con quelli che gli stavano sopra, gli si mise davanti e gli gridò con rabbia: – Non si è suicidato! Lo hanno ammazzato quei bastardi che stanno là sopra. Che vadano affanculo tutti! Glielo devi dire, capito, glielo devi dire. Vaffanculo!

Si voltò, si diresse nel suo ufficio, prese la giacca e se ne andò via dritto senza più dire una parola. Era sconvolto: la tristezza, la rabbia e il rimorso si agitavano in lui formando un cocktail di sentimenti devastante. Era anche colpa sua, inetto e incapace era stato, non aveva capito quanto fosse pericolosa la depressione del suo amico. Marco non c'era più e lui non poteva crederlo. Gli singhiozzava l'anima, non solo il diaframma, e sarebbe stato un singhiozzo difficilissimo da spegnere. Piano piano un sentimento cominciò a sovrastare le altre emozioni, fino quasi a cancellarle: la rabbia divenne dapprima collera, poi si fece furore, furore cieco e senza limiti. Si batté la testa coi pugni. Ma no, cosa stava facendo? Non era se stesso che doveva punire. Ebbe un'illuminazione improvvisa e si fece una promessa solenne.

L'indomani uscì prestissimo un comunicato ufficiale dell'azienda:

"Con grande rammarico vi informiamo del decesso improvviso del collega Marco Tedesco. Marco era entrato nella Teltronica dieci anni fa ed era ingegnere nella produzione. Era molto apprezzato per le sue qualità professionali e umane da colleghi e dirigenti. I funerali verranno celebrati sabato 3 ottobre alle ore 11:00 nella Parrocchia Santi Quattro Evangelisti.

La Teltronica esprime tutta la sua vicinanza alla famiglia di Marco.

Le Risorse Umane"

"Un comunicato asciutto" pensò Gianluca, "ma qualcosa da osservare c'è. Quando scrivono 'decesso improvviso', senza specificare la causa della morte, molto spesso indicano un suicidio, com'è già successo per quel collega del marketing circa tre anni fa. Poi quanto sono ipocriti, era molto apprezzato bla bla dai dirigenti. E allora perché l'hanno licenziato? E non c'è nemmeno un nome che lo firmi, solo genericamente le risorse umane. Colombani non vuole sporcarsi le mani, eh? E nemmeno Tosi. Almeno il nome di questa ci sarebbe dovuto essere. E invece niente".

Trascorse un paio di settimane, Gianluca venne a sapere alcuni retroscena che lo fecero infuriare per l'ennesima volta. Non da Valeria, che non gli avrebbe più confidato questioni riservate. Lei sapeva della grande amicizia tra Marco e Gianluca e lo sapeva molto più vicino a Marco che a se stessa. Ebbe le informazioni da Malika. Era lei che aveva avvicinato Valeria, per portarle la solidarietà del sindacato, chiederle se avesse bisogno d'aiuto in qualche forma e farle qualche domanda sul comportamento della Teltronica. Le aveva chiesto in particolare se intendesse contattare un avvocato, per valutare se ci fossero gli estremi per fare causa all'azienda. In tal caso il sindacato le avrebbe messo a disposizione uno dei suoi due avvocati.

Valeria le aveva risposto che non aveva intenzione di farlo. Era già stata contattata da un dirigente delle risorse umane, che le aveva offerto una sommetta – aveva detto proprio così senza precisare quanto – per chiudere la vicenda. Inoltre l'azienda le avrebbe dato ogni aiuto necessario per sbrigare le pratiche seguenti al decesso.

"Sono stati più rapidi del sindacato" pensò Gianluca.

"Quando devono fare una cosa che gli serve sono super-efficienti. Maledetti! E gli è andata anche bene, una moglie ancora innamorata li avrebbe forse mandati al diavolo. Invece a Valeria l'offerta è caduta a proposito, anche se non lo ammetterebbe mai: si voleva lo stesso liberare di Marco, sebbene certo non in quel modo, non avrà grane legali e amministrative, si tiene tutto il patrimonio, magari riscuote un'assicurazione sulla vita e in più si becca anche un bell'extra piovuto dal cielo".

Ma non era con Valeria che ce l'aveva. Era con la dirigenza dell'azienda.

"Siano maledetti tutti! Sono come la *Spectre*, sembrano onnipotenti, non si può fare nulla contro di loro".

E gli ribollirono le tempie una volta di più.

2

Approfittando di una piccola pausa pomeridiana, Gianluca, preoccupato per come aveva visto Marco il giorno prima, tentò di chiamarlo in ufficio. Lui non rispose né una prima né una seconda volta. Andò allora a cercarlo di persona nel suo reparto e venne a sapere che l'amico quel giorno si era messo in malattia. Verso la fine della giornata lavorativa fu tormentato da una breve sequenza di pensieri tremendi. Senza aspettare un secondo di più, chiamò Marco a casa. Gli rispose una voce sommessa e carica d'apatia. Appreso che l'amico non aveva febbre né altri sintomi che gli impedissero di uscire, gli disse che aveva una gran voglia di vederlo e lo invitò a mangiare un boccone o almeno a prendersi una birra insieme. Insistette finché non riuscì a convincerlo.

Passò a prenderlo direttamente a casa e lo abbracciò con grande calore quando apparve dal portone. Fecero due passi fino a una tavola calda lì vicino e si sedettero a un tavolo d'angolo. A un certo punto Gianluca riprese la conversazione del giorno prima, ma con tutt'altra carica da parte sua.

– Dimmi Marco, come ti senti? Ma dimmi la verità, sfogati con me, lo sai che puoi.

– Mi sento… debolissimo. Non fisicamente, di testa. Sento che… non ho più voglia di andare avanti.

– No, Marco, non ti posso sentire così. Io ti voglio bene, lo sai. – Posò una mano sulla spalla dell'amico e fece passare alcuni istanti prima di riprendere a parlare: – Non ti posso lasciar tornare a casa in queste condizioni, io non ti lascio solo, capito? Sai che facciamo? Vieni da me questa notte. Chiamo Giovanna per dirle di preparare il letto nella stanza per gli ospiti.

– Ma no… sarebbe troppo, io non voglio disturbare – ribatté Marco debolmente.

– Ma scherzi, disturbare? In un momento come questo? No, è un piacere per me, credimi. E poi te lo devo, tu sei un buon amico.

– Va bene, Gianluca. Ti dico di sì perché è un momento difficile. – Una parvenza di sorriso si delineò sul volto stanco di Marco.

Il mattino seguente fecero colazione insieme. Gianluca chiamò in ufficio per prendere un'ora di permesso e riaccompagnò Marco a casa.

L'amico sembrava rinfrancato e a un certo punto gli disse: – Sai, Gianluca, ieri pensavo proprio di farla finita. Il fardello che dovevo portare era troppo pesante per me. Ma stamattina non ne sono più così sicuro.

– Marco, io non ti lascio andare, non l'ho fatto ieri e non lo faccio nemmeno nei prossimi giorni. Se hai un momento in cui ti senti male chiamami subito, ok? È un ordine – concluse con un sorriso e lo strinse a sé con lo stesso calore del giorno prima.

Prima di congedarsi, Marco gli disse: – Gianluca, perché non entri nel sindacato? Saresti perfetto, di persone con la tua empatia ce ne sono poche. Almeno potresti aiutare quelli che rimangono.

L'invito dell'amico, sovrapponendosi a quello di Malika, risuonò nella mente di Gianluca per tutto il tragitto fino alla Teltronica. Trovatosi da solo nell'ascensore che saliva fino al piano del suo ufficio, mormorò alla sua immagine allo specchio: – Mister empatia.

Prima però doveva far passare qualche giorno, la sua vera preoccupazione rimaneva che Marco non commettesse una grave sciocchezza.

Il pomeriggio chiamò Malika, dicendole che voleva parlarle. Tre settimane dopo fu eletto quasi all'unanimità nel direttivo da un'assemblea straordinaria del sindacato e gli fu tributato un applauso scrosciante.

Cominciò subito a prendere parte alle riunioni del vertice dell'UPT. Alcune si svolgevano nei locali dell'azienda, ma quelle più importanti avevano luogo all'esterno, nella sala di un centro culturale non lontano. Alle riunioni fuori sede potevano infatti partecipare anche Giovanni Brandi e Isabella Mantoni, ai quali non era più permesso accedere agli edifici della Teltronica. Molte energie del direttivo erano impiegate a seguire le cause legali per il reintegro dei due leader e di Malika.

Gianluca osservò subito che gli interventi dei partecipanti erano spesso impregnati di rassegnazione, le strategie di cui si discuteva erano prettamente difensive, dirette per lo più a limitare i danni, e la controparte veniva dipinta come un'entità dalla forza soverchiante. Gli piacque molto dunque quando sentì Isabella declamare che chi non lotta ha già perso. Giovanni riusciva invece a far trapelare la sua combattività solo a sprazzi. Troppa era la preoccupazione per la propria situazione personale, per l'incertezza economica, pur con il sostegno del sindacato e di tanti colleghi. Lui era molto più giovane di Isabella e aveva bambini piccoli.

Un giorno Gianluca sentì di aver ascoltato a sufficienza e chiese la parola per un intervento che gli stava a cuore.

– Scusate, vorrei fare alcune osservazioni su quanto ho sentito finora. Sono entrato da poco nel direttivo e forse posso portare qualche idea nuova. Ecco, io credo che dobbiamo trovare una strategia di contrattacco nei confronti di Colombani e dei suoi servi, non possiamo solo stare in attesa di parare i suoi colpi. È potente, questo lo sappiamo, ha le sue protezioni politiche, in Francia come in Italia, ma non è il presidente del consiglio. So che voi avete già cercato degli appigli politici, finora senza successo. Ma perché non elaborare anche una strategia giudiziaria contro di lui? Ha superato diversi limiti legali, crede di essere al di sopra della legge, ma non lo è. E noi abbiamo Dariya, brava e competente, e non solo lei. Organizziamo una riunione ad hoc e analizziamo insieme a lei ogni particolare per avviare una causa. E se lo facciamo contattiamo poi i giornalisti amici in modo che ne diano il massimo risalto sui media. Dannazione, qui sta succedendo qualcosa di molto grave e non su piccola scala: facciamolo diventare un caso nazionale!

La proposta di Gianluca, espressa col cuore, riscosse un grande successo e venne adottata all'unanimità dopo una vivace discussione.

Seguirono alcune settimane febbrili durante le quali venne raccolto tutto il materiale a disposizione sull'operato di Colombani, Renard e Tosi. Dariya fece poi partire una causa per mobbing morale e istituzionale nei confronti dei tre.

Gianluca, trovatosi la sera stessa da solo con Giovanni e Malika, fu felice di lasciar uscire un commento liberatorio: – Un po' di stress adesso ce l'avranno anche quei figli di puttana.

La notizia fu pubblicata sui giornali il giorno dopo e si diffuse in azienda in un batter d'occhio. Quasi tutti i dipendenti la pensavano come Gianluca, ma nessuno espresse le proprie opinioni in pubblico. I dirigenti stigmatizzarono l'irresponsabilità degli iniziatori della causa, sottolineando come nuocesse alla buona reputazione della Teltronica. In realtà, soprattutto per molti dirigenti tecnici di livello medio e basso, si trattò solo di un gioco delle parti al quale erano obbligati pena l'immediata rimozione.

Un capo reparto che conosceva Gianluca da diversi anni si confidò con lui: – Gianluca, sai che in un certo senso ti invidio? Tu adesso sei libero e puoi parlare apertamente. Io invece mi sento una marionetta guidata dai burattinai sopra di me, mi tocca ripetere un sacco di cazzate e fare delle cose che non vorrei mai fare. Lo sai che non ho scelta, che io non sono un burattinaio, vero?

– Ti ringrazio dello sfogo sincero. Ma mi raccomando, vedi di fare qualcosa per salvare almeno qualcuno dei tuoi collaboratori.

– Lo vorrei tanto, lo sai, ma quelli sopra di me non mi lasciano alcuno spazio su questo punto.

– Non è detto che qualcosa non cambi. Alcuni lo sanno bene che Colombani, Renard e Tosi hanno superato il limite e che in futuro potrebbero rischiare anche loro se non prendono un minimo le distanze. Comunque, stanne certo: ci vorrà del tempo ma quei tre la pagheranno.

– Ammiro la tua fiducia. Qui lo dico e qui lo nego, come tutto quello che ti ho appena detto, ma spero che tu abbia ragione.

1 – 2

L'anno che seguì fu molto duro per tutti i dipendenti. Si erano trascinati fino alla pausa natalizia sapendo che, al ritorno a gennaio, li avrebbe aspettati l'assegnazione degli obiettivi per l'anno in corso. L'ansia per l'ignoto, per dei numeri calati dall'alto che si fantasticava salissero in misura sproporzionata, guastò le ferie di molti. E in effetti poi gli obiettivi salirono in maniera consistente per tutti. Non c'era alternativa, soprattutto nella produzione, con quel 30% d'organico in meno. Sarebbe stata dura, proprio dura.

Tutti dovettero aumentare il tempo trascorso in azienda, senza alcuna contropartita. L'allungamento dell'orario di lavoro comportò una forte perdita di flessibilità, che si ripercosse sulla vita privata e, per chi aveva figli in età scolastica, sulla gestione della vita familiare. L'equilibrio tra vita e lavoro, che era stato un fiore all'occhiello della Teltronica fin dalla sua fondazione da parte dell'imprenditore Adriano Bergametti, andò a farsi benedire. Aumentarono le dosi di stress, che in seguito divennero sempre meno sostenibili per un numero via via maggiore di dipendenti. Crebbero i disturbi legati al sovraffaticamento, le lesioni da sforzo ripetitivo, le malattie psicosomatiche. Diverse persone dovettero cercare l'aiuto di uno psicologo e alcuni caddero in depressione.

Ma non aumentarono i giorni di malattia, al contrario, diminuirono, perché il sistema di controllo e di pressione ideato dalle risorse umane di Federica Tosi, su mandato di Colombani, incuteva timore e si preferiva andare al lavoro ammalati piuttosto che prendere un giorno di malattia.

Nel giro di qualche mese i primi dipendenti, di solito i più anziani, magari senza legami familiari o con figli già grandi, gettarono la spugna e si registrarono per il prepensionamento. Sarebbero stati seguiti da un flusso lento ma continuo di abbandoni dall'azienda.

– È quello che vogliono là sopra – si dicevano tutti. – A loro sta bene che i dipendenti con i vecchi contratti se ne vadano, li sostituiscono con giovani molto meno cari e assunti con contratti a termine, anzi, alcuni non li sostituiscono neppure.

In molti si insinuò il sospetto che la casa madre avesse deciso un ulteriore ridimensionamento della Teltronica e forse, ma quelle erano solo voci, persino la chiusura in un futuro non troppo lontano. Il sindacato condivideva questo sospetto.

1

A ottobre successe un fatto molto grave, un secondo suicidio, a poco più di un anno di distanza dal suicidio di Marco Tedesco. Era un quadro del marketing. Gianluca non lo conosceva. Venne a sapere che era divorziato, ma il divorzio risaliva a parecchio tempo prima, non poteva essere una concausa di quell'estrema risoluzione. La triste notizia fece rivivere a Gianluca il terribile periodo a cavallo del suicidio di Marco: l'angoscia, la tristezza, il senso d'inadeguatezza, il furore. Ebbe uno dei suoi accessi di rabbia silenziosa, ma ne rinvenne più rapidamente del solito. Era ormai entrato in una modalità di sopravvivenza, la divisa era resistere, resistere, resistere, per poi realizzare quanto aveva in mente.

2

Un pomeriggio di metà giugno, uno dei rappresentanti sindacali chiese di indire una riunione straordinaria del direttivo, precisando che doveva aver luogo all'esterno dell'azienda. Contrariamente alla prassi, rimase sul vago riguardo all'ordine del giorno. Gianluca e gli altri ascoltarono quindi con curiosità accresciuta quanto aveva da riferire: uno dei dipendenti, che per ovvie ragioni voleva rimanere anonimo, aveva visto Renard in un locale a Lugano in compagnia di una ragazza molto giovane, bionda e attraente. Per fortuna Renard non si era accorto di lui, anche perché non lo conosceva di persona. Il collega era sicuro che quella ragazza non potesse essere la compagna di Renard, tetro e brutto quant'era e più anziano di una quindicina d'anni. Doveva essere invece una mantenuta o una escort.

La discussione che seguì si orientò subito nella stessa direzione: anche se Renard andava a letto con delle donne a pagamento, non se ne poteva fare nulla, non commetteva niente di illegale anche se moralmente discutibile, e poi qualcuno ricordò che col sesso si beccano quasi tutti.

A quel punto Gianluca prese la parola: – Certo, se fa sesso con ragazze maggiorenni e consenzienti l'informazione non ci serve. Però quella ragazza era molto giovane, sui vent'anni o anche meno. E se Renard andasse a letto anche con le minorenni? Io non lo escluderei, sappiamo quanto sia malvagio e insensibile nei confronti delle altre persone. Potrebbe anche essere un perverso, magari come rivalsa per la sua bruttezza o perché si sente un uomo di potere al quale è permesso quello che agli altri non è concesso.

– Va be', Gianluca, ma dove vuoi arrivare?

– Che abbiamo a che fare con dei figli di puttana che hanno tutto il potere nelle loro mani e lo usano contro di noi, e non possiamo affrontarli usando i guanti bianchi. Dobbiamo essere un po' figli di puttana anche noi. Abbiamo la cassa ben fornita, almeno quella. Ingaggiamo un investigatore privato e facciamo pedinare Renard per un periodo. Con lui lo possiamo fare, al di fuori della Teltronica è uno qualunque, non è protetto come Colombani. E ci sono buone probabilità di beccarlo con qualcosa di grave.

Non tutti accolsero quella pazza idea con favore, ma Giovanni sì, e il direttivo decise di procedere con la ricerca di un bravo investigatore. Al termine della riunione Giovanni prese in disparte Gianluca e gli disse: – E bravo Gianluca, non ti facevo così figlio di puttana, ma è quello che ci vuole – facendogli l'occhiolino.

In capo a una settimana, una figura abile e discreta cominciò a seguire Renard come un'ombra. Nel primo mese di pedinamenti Renard ebbe due scappate con altrettante ragazze, che risultarono avere venti e diciannove anni. Poi partì in vacanza in Francia per una quindicina di giorni e al suo ritorno si incontrò in Ticino con una bionda diciannovenne. Nell'ultima settimana di agosto Gianluca, che si era offerto di essere il collegamento col detective, riferì agli altri delle avventure di Renard e raccomandò che si continuasse a sorvegliarlo. Era vicino al limite, un anno soltanto, e poteva fare un passo falso, quel passo che gli sarebbe stato fatale.

Accadde nella seconda settimana di settembre. L'investigatore aveva fotografato Renard con un'altra ragazza bionda, che a occhio gli era sembrata avere la solita età, diciannove-vent'anni, prima in un locale pieno di giovani accompagnatrici e di uomini di mezz'età o più, e poi dentro un hotel a quattro stelle. I due ne erano usciti solo al mattino e si erano separati una mezz'ora dopo. Aveva indagato sulla ragazza e aveva scoperto che la sua età era di diciassette anni e nove mesi, sebbene si spacciasse per maggiorenne nell'inserzione da escort su internet.

– Bingo! – esclamò Gianluca entusiasta nella riunione straordinaria del direttivo da lui stesso convocata.

Partì la denuncia contro Renard, che venne interrogato dagli inquirenti, ricevette un avviso di garanzia e, due giorni dopo, sparì in Francia. In seguito si venne a sapere che Colombani l'aveva costretto a dimettersi. Sicuramente l'aveva fatto per non essere associato a quello che era stato a lungo il suo braccio destro, pensarono tutti.

La settimana seguente Gianluca e altri rappresentanti sindacali ebbero una riunione con Tosi e alcuni suoi collaboratori. Uscito in corridoio, Gianluca si incrociò con lui, proprio lui, Colombani. D'istinto sostenne il suo sguardo per un paio di lunghi secondi, senza strafare, ma fermo e colmo d'orgoglio. Nessuno dei due aprì bocca per salutare, ma dalla mente dell'uno partì un impalpabile messaggio di sfida alla mente dell'altro: "Tu ci hai fottuto tante di quelle volte ma questa volta ti abbiamo fottuto noi!"

Per qualche giorno i vertici della Teltronica sembrarono accusare il colpo e tennero un profilo basso. Tuttavia la catena degli eventi negativi riprese a muoversi a ottobre, quando avvenne un fatto terribile, il suicidio di un quadro del marketing. Le informazioni che l'UPT raccolse puntavano tutte nella stessa direzione: il pesante clima di tensione che regnava nell'azienda doveva essere la prima causa del gesto estremo. L'uomo aveva dato diversi segni di sofferenza per il ritmo di lavoro forsennato che era costretto a mantenere.

Nella riunione successiva i rappresentanti sindacali decisero di aggiungere la documentazione raccolta al materiale accusatorio nei confronti di Colombani. La discussione fu breve ma intensa, gli animi erano eccitati per quello che era successo, ma Gianluca, nel suo intervento, sostenne che si doveva cercare giustizia, non vendetta. A risoluzione presa, Giovanni gli si avvicinò e gli disse che ancora una volta aveva molto apprezzato la sua assennatezza.

1 – 2

Il bagno di sangue dei sentimenti al quale era sottoposto il personale della Teltronica, colmo di baratri e voragini, raggiunse tuttavia una delle sue rarissime vette di gioia solo una decina di giorni dopo. Si udirono degli "Urrà" squillanti dai corridoi e dagli uffici: il Tribunale del lavoro aveva stabilito il reintegro definitivo di Giovanni Brandi. Il giudice aveva ritenuto il licenziamento disciplinare illegittimo mancando una giusta causa, perché il fatto contestatogli non sussisteva. In più aveva condannato la Teltronica a pagare a Brandi un'indennità di dieci mensilità di retribuzione, quasi il massimo di quanto previsto dalla legge. Quanto a Malika Benvenuto, poi, il giudice aveva ordinato il suo reintegro nella posizione originale e il pagamento della differenza di stipendio per il periodo intercorso, con gli interessi.

Al suo ritorno in azienda, Brandi ricevette un'accoglienza trionfale. Fece un breve ma intenso discorso, spesso interrotto dagli applausi, annunciò il suo ritorno alla testa del sindacato e si disse pronto a dar battaglia e filo da torcere ai vertici dell'azienda. C'era bisogno di un clima nuovo nelle relazioni interne, di un contrappeso allo strapotere della dirigenza, e solo il sindacato poteva offrirlo, essendo il consiglio d'amministrazione troppo accondiscendente, se non complice.

Isabella Mantoni non fu reintegrata, ma le fu accordata un'indennità di 18 mensilità di retribuzione e andò in prepensionamento di buon grado.

A dicembre Colombani annunciò che avrebbe lasciato la Teltronica a fine gennaio e sarebbe ritornato in Francia. Il suo compito era terminato, aveva portato a termine una forte opera di modernizzazione dell'azienda, rendendola robusta e attrezzata ad affrontare le sfide del futuro. Tutti gli indicatori quantitativi erano sul verde, in particolare l'utile lordo e l'utile netto erano cresciuti di oltre il 40%. Ringraziava di cuore tutti coloro che gli erano stati vicini e avevano condiviso l'enorme mole di lavoro svolta.

Nelle settimane fino alla partenza di Colombani comparvero tutta una serie di pubblicazioni celebrative dell'operato dell'amministratore delegato uscente, con ogni mezzo a disposizione della comunicazione interna. Uscì un numero speciale della gazzetta interna dedicato esclusivamente a Colombani, che batté ogni numero precedente per la quantità di fotografie che lo immortalavano. Gli fu consacrato metà del programma della tv aziendale, in quel periodo. Sul sito internet della Teltronica si moltiplicarono gli articoli a lui dedicati, per comunicare al resto del mondo quanto Colombani fosse stato un grande amministratore delegato. Gli stessi articoli furono pubblicati anche sull'intranet: non fosse mai che la gazzetta e la tv non bastassero.

1

La sera del 29 gennaio venne dedicata a Colombani una festa degna di un nobile, a dire il vero con una cerchia alquanto ristretta di invitati. E il 31 gennaio ripartì per la Francia. Avrebbe ricoperto una carica importante nella casa madre ancora per un po'.

Il bonus che aveva percepito per l'anno appena trascorso non rimase nascosto a lungo. Il sindacato ebbe l'informazione e la rese nota ben prima che venisse pubblicata nel rapporto annuale dell'azienda: 2,9 milioni di euro, il più alto bonus annuale mai concesso a un dirigente nella storia della Teltronica. Il consiglio d'amministrazione aveva voluto gratificarlo così per gli eccezionali risultati conseguiti.

Gli eccezionali risultati conseguiti: quella formulazione risuonò come una beffa atroce e il sentimento dominante in azienda fu la rabbia, una rabbia sorda, impotente. Gianluca non ne fu immune, ma in lui durò solo qualche istante. Era diventato quasi imperturbabile, immerso in un'attitudine zen, tutto concentrato su un pensiero e teso al futuro.

2

Due fatti relativi alla partenza di Colombani costituirono una gradita sorpresa per i dipendenti della Teltronica. Il primo fu la celebrazione piuttosto dimessa che venne organizzata per l'occasione, molto al di sotto di quanto ci si sarebbe potuto aspettare per una persona avvezza allo sfarzo come lui. Il secondo fu l'ammontare del bonus che gli venne concesso per il suo ultimo anno in azienda. Il sindacato lo apprese rapidamente grazie ai suoi canali: solo quattrocentomila euro, inferiore persino al minimo importo prevedibile. Alcune voci riferirono di un Colombani scuro in volto che in privato aveva rivolto parole grosse verso uno dei membri del consiglio d'amministrazione. Ingrati tutti, erano stati, l'avevano tradito, anzi oltraggiato dopo tutto quello che lui aveva dato all'azienda.

In seguito si venne a sapere che il consiglio d'amministrazione, pur impressionato dai risultati quantitativi ottenuti da Colombani, aveva deciso di prenderne le distanze a causa dell'*affaire* Renard e, soprattutto, della causa in corso contro di lui, che aveva già danneggiato la reputazione della società e rischiava di farla precipitare.

1 - 2

Il successore di Colombani, un altro francese, era meno crudele. O forse lo fu solo il mandato che ricevette. Le relazioni tra la dirigenza e il sindacato si normalizzarono un po' e non ci furono altre riduzioni forzate del personale. Ma ormai la bella Teltronica dei tempi andati non c'era più. Le strutture di controllo e di pressione sul personale create durante il regno di Colombani rimasero in vigore. Gli obiettivi e la produttività continuarono a contare più di ogni altra cosa. La valutazione delle persone era ridotta a una serie di numeretti, di percentuali, di barre verdi, gialle o rosse, e così rimase. Quant'era distante tutto questo, anni luce, dalla visione dell'illuminato fondatore della società, Adriano Bergametti. Si stava certamente rivoltando nella tomba, senza pace.

1

Quattro anni dopo

Siamo a inizio giugno, di buon mattino. Il cielo è una distesa azzurra quasi uniforme e le rade nubi si spostano veloci, spinte da venti d'alta quota incessanti. Anche il mare è sferzato dal vento, le onde s'infrangono spumeggianti sugli scogli tutt'attorno all'isolotto. L'aria è fresca, frizzante, pulita, ogni respiro è un piacere per i polmoni. L'isolotto è il *Rocher de la Vierge*. La vista dalla parte protesa verso il mare, una volta oltrepassata la piccola galleria sotto alla bianca statua della Vergine con il Bambino, è imperdibile. A est e nord-est la Spiaggia Grande e il faro. A sud-est e a sud la spiaggia e il promontorio del Porto Vecchio. Da sud a ovest a nord il possente Oceano Atlantico. Ma non sono solo gli occhi a essere solleticati. Il gorgoglio ritmico del mare è un suono al tempo stesso rilassante e stimolante per le orecchie, il profumo della salsedine si mescola all'odore delle alghe e stuzzica forte le narici.

Mi trovo in questo luogo incantevole da circa mezz'ora. Mi sono svegliato presto, ho fatto colazione e mi sono preparato con calma, poi, con la stessa placidità, mi sono messo in cammino, non avendo da percorrere che poche centinaia di metri. Ho indugiato qualche istante solo sulla passerella Eiffel, dalla quale si può godere lo stesso magnifico spettacolo che dalla Roccia.

Adesso rimiro, ascolto, annuso e sento l'oceano. Mi riempio d'immenso e di potenza con tutti i sensi, ne avrò bisogno, perché immenso è quello che sto per fare, greve il compito che mi sono assegnato. Mi sento carico a dovere. Devo solo avere un po' di pazienza e aspettare. Lui verrà e se per caso oggi non si facesse vedere, l'appuntamento sarebbe rimandato solo a domani. Dalla galleria sbuca un giovane, sta facendo jogging, non è il primo da quando sono qui. Mi rigiro verso il mare, il mio sguardo torna al faro. Il giovane completa il giro della Roccia e sparisce di nuovo.

Passa qualche minuto. Intravedo un uomo sulla passerella. Ha il passo flemmatico. Sparisce per qualche secondo e riappare dalla galleria. Sono a una quarantina di metri da lui, vicino alla punta. Si avvicina. Si ferma un attimo, appoggiandosi al parapetto di nord-est, e ammira il panorama. Riprende a camminare nella mia direzione, verso la punta. È lì che vuole arrivare, gliel'ho visto fare più volte quando ho studiato i suoi percorsi. Avanzo anch'io un po' e l'attendo a pochi passi dalla punta. Mi è ormai a un paio di metri ma sembra non vedermi. È come se fossi un essere diafano per lui, come allora, come lo eravamo quasi tutti. Non sei cambiato, eh?

Sono io a parlare per primo ma non è per salutarlo con un buongiorno.

– *Tu te rappelles de Marco Tedesco, François?* – Gli ho dato del tu e l'ho chiamato per nome di proposito.

Finalmente si accorge di me. Mi guarda per un istante con la sua solita espressione altera, che intende irradiare superiorità.

Alzo il tono e ripeto la domanda in italiano: – Allora François, ti ricordi di Marco Tedesco, vero?

Percepisco un filo di sorpresa dentro di lui, non riesce a celarla del tutto. Dal punto di vista fisico gli anni sono passati per entrambi. Se io ho messo su qualche chilo inutile, a lui la chioma si è un po' diradata e piuttosto ingrigita, e il viso appare più tirato e solcato dalle rughe. Gli occhiali sono gli stessi, sottili, metallici.

Mi risponde in francese: – *Qu'est-ce que vous voulez*?

Non ha abbassato la sua tracotanza, non mi ha nemmeno detto *monsieur*, il suo tono e il suo sguardo parlano chiaro. Contengo il ribollire della collera e mantengo la calma. Comincio a giocare come un gatto col topo, ma stavolta sono io il gatto!

– Alé, François, parla italiano, lo sappiamo tutti e due che lo parli bene. – Mi prendo il vantaggio di parlare nella mia lingua madre e non nella sua, anche se sarei in grado benissimo di farlo. – Forza, fruga bene nella memoria. O ti sei invecchiato a tal punto da non ricordare?

Una punta di disagio appare inequivocabile sul suo volto. Non è più così sicuro di sé.

Rincaro la dose: – Suvvia, François, Marco Tedesco, la Teltronica.

– Ancora non capisco che cosa vuole. E poi mi dia del lei, non ci conosciamo mica.

– Ah, così non ti ricordi nemmeno di me. Ma questo non ha importanza. Marco Tedesco, il suicidio, quasi sei anni fa... Allora, te lo ricordi adesso?

– Ci fu un suicidio, sì. Ma io che c'entro?

– Che c'entri? Hai pure il coraggio di chiedere che c'entri? E poi di suicidi ce ne sono stati due, non uno. – Fatico a contenere la collera ma assaporo ancora il piacere di poter giocare con lui: – E le tue guardie del corpo dove sono, eh? Non le hai più? – aggiungo con un ghigno.

– Senta, lei mi sta importunando. Se non se ne va sarò costretto a chiamare la polizia.

La mia voce esplode: – Io non me ne vado da nessuna parte prima di aver fatto quello che devo fare.

Intuisce qualcosa. Il disagio si sta trasformando in paura. Tenta di prendere il cellulare dalla tasca del gilet, ma io sono più rapido. Ho provato e riprovato i movimenti centinaia di volte. Tiro fuori la pistola di piccolo calibro, una Walther, che tenevo nascosta sotto la giacchetta, prendo la mira sulla sua coscia e premo il grilletto senza esitazione. Grida per un paio di secondi e si accascia sul cemento.

Eccolo qui, il potentissimo, inarrivabile François Colombani, precipitato a terra dal suo iperuranio. Geme, il viso contratto dal dolore, si tocca la coscia ferita. Respira a fondo e volge di nuovo lo sguardo verso di me. La sua alterigia si è spenta, il suo tono fiaccato.

– Hai avuto la tua vendetta... Adesso puoi andare e lasciami chiamare i soccorsi... la gamba mi fa molto male.

– Cosa? Credi di poter decidere tu qual è la mia vendetta? Non cambi mai, vero? Non ne sei capace.

Inferocito punto l'arma sull'altra gamba, all'altezza del ginocchio, e tiro un secondo colpo. Centro il bersaglio in pieno, la gamba di Colombani sobbalza e lui urla, urla di dolore e non si ferma più. Ormai ha perso il controllo di sé, e io godo. Ma solo per un attimo, non sono un sadico. Anche questo bastardo per terra dinanzi a me si merita una morte caritatevole, e concediamogliela, dai.

Faccio due passi, sono proprio sopra la sua testa, lui comprende, si copre il viso con ambo le mani, colmo di terrore, e supplica: – No! Non farlo, fermati!

Esito un istante, il comandamento "Quinto: non uccidere!" si interpone tra me e lui, ma ormai so come aggirarlo, d'istinto, senza alcun bisogno di riflettere.

Gli grido: – All'inferno! – e lo intendo veramente, se l'inferno esiste lui ci finirà dritto.

Il primo proiettile gli trafigge le mani e la faccia, poi sparo un altro colpo. La scatola cranica deflagra, trabocca tanto sangue. Fuoriesce però anche della materia grigia e non riesco a sostenerne la vista. Volgo lo sguardo altrove per qualche istante, verso l'oceano. Getto la pistola per terra, mi allontano di un paio di passi e mi metto a contemplare il quadro d'insieme. Il pavimento è colorato di un rosso vivo tutt'intorno al cadavere, il disegno è irregolare, ancora cangiante. Sembra quasi una moderna opera d'arte astratta. Non che sia bella, ma una certa estetica la possiede. L'estetica della morte, no, anzi, l'estetica metafisica della fine. E io ne sono l'autore.

Io, Gianluca Inardi, sono riuscito laddove altri combattenti per la libertà hanno fallito: io il tiranno l'ho cancellato da questa esistenza. Chissà, ci fossi stato io al posto del colonnello von Stauffenberg quel lontano giorno del 1944, avrei cambiato il corso della storia.

Le mie riflessioni vengono interrotte dal suono di una sirena in avvicinamento, sul lungomare. I gendarmi stanno per arrivare, ma io sono pronto e affronterò con fierezza quanto mi attende. Perché io sono nel giusto, ne sono sicuro, ci ho riflettuto a lungo. Già i filosofi greci giustificarono il tirannicidio, e più tardi anche diversi filosofi e teologi cristiani. Alla stessa congiura contro Hitler partecipò un uomo di Dio, Dietrich Bonhoeffer, e io non ho fatto altro che assumermi le mie responsabilità e agire di conseguenza, seguendo il suo pensiero.

Porto le mani dietro la nuca e allargo le braccia, in segno inequivocabile di resa. So cosa mi attende. Forse uscirò dal carcere da vecchio, forse nemmeno quello. Ma il prezzo della libertà dell'animo è la prigionia del corpo ed è un prezzo che vale la pena di pagare. Prima passerò da una serie di duri interrogatori e io non mollerò mai: lo spiegherò a tutti, poliziotti, avvocati e magistrati, che quello che ho fatto andava fatto, che Colombani meritava la fine che io ho deciso per lui. E chissà se riuscirò a rilasciare le stesse dichiarazioni anche a qualche giornalista, sarebbe un trionfo, attirerei su di me le simpatie di milioni di persone, in Italia ma anche in Francia.

Interrogheranno mia moglie, ma poco male, lei era all'oscuro di tutto. E non mi preoccupo troppo per le mie figlie, tutti i miei risparmi li ho intestati a Giovanna e lei saprà gestirli nell'interesse della famiglia.

Poi toccherà ai miei amici, ma nessuno al di fuori dell'ambiente di lavoro sapeva qualcosa delle mie intenzioni.

Quanto ai miei colleghi, mi ero sfogato con pochi intimi, gliel'avevo detto che Colombani bisognava attaccarlo dopo qualche anno, quando non se la sarebbe più aspettata e sarebbe stato più debole. Ma tutti avevano creduto che fosse il solito sfogo dell'impotente, e non ero stato il solo a parlare in quel modo. Alcuni negheranno di aver sentito quelle riflessioni da me, altri lo riveleranno agli inquirenti, ma non ha alcuna importanza.

Quello che conta sono i veri sentimenti che tanti proveranno, senza poterlo mai ammettere: mi compatiranno, penseranno che sia impazzito, certo, ma nel profondo del loro animo gioiranno per la morte del tiranno. Lo so che è così, a me non potranno mai nasconderlo: io ho esplorato le vette e gli abissi dell'animo umano, e ho visto cose che solo pochi potrebbero immaginare.

La loro esultanza interiore sarà il mio più grande, segreto trionfo.

2

Quindici mesi dopo

Nel periodo di gestione del nuovo presidente, l'UPT, guidata da un Giovanni Brandi tornato in gran forma, aveva cercato in tutti i modi di recuperare una parte del terreno perduto. Il fine ultimo era la riumanizzazione del lavoro e dei rapporti personali in azienda. Tuttavia i progressi conseguiti erano stati minimi e la frustrazione per i sindacalisti continua.

Sempre al fianco di Giovanni, Gianluca si era conquistato una stima generalizzata per il suo impegno e la sua creatività, oltre che per la grande carica umana. "Non mollare mai" era il suo primo motto, "Ottenere dieci su cento è sempre meglio di zero" l'altra massima che gli si sentiva spesso in bocca. Di fatto aveva guadagnato tra i colleghi una popolarità pari a quella di Giovanni. Ma a lui non importavano né le classifiche né le cariche: avrebbe potuto ambire a diventare vicepresidente, ma era interessato solo a ottenere risultati concreti per tutte le persone che gli davano fiducia.

A inizio marzo era andato a Parigi insieme a Malika, essendo loro due gli unici a sapere bene il francese. Avevano preso parte all'assemblea generale del primo sindacato della Télatel e avevano discusso a lungo con alcuni membri del direttivo. Gianluca aveva stabilito un ottimo rapporto con uno di loro, René Morel, e l'aveva invitato a contraccambiare la visita in un'occasione particolare.

Martedì 8 maggio doveva essere pronunciata una sentenza importante e dentro una delle sale del Palazzo di Giustizia c'era un imponente spiegamento dei media. Due dei tre imputati erano assenti. Alle dodici meno un quarto, con un piccolo ritardo sull'orario previsto, venne emesso il verdetto.

– In nome del popolo italiano il Tribunale Ordinario di Milano, Sezione 4. Penale, dichiara François Colombani colpevole del reato di mobbing morale e istituzionale...

Diverse persone tra il pubblico non poterono trattenere i gesti di esultanza. La loro linea aveva vinto, almeno in primo grado, dopo tante sconfitte e tanto trepidare: Giovanni, Gianluca, Malika e gli altri membri del direttivo UPT presenti si abbracciarono e strinsero la mano alla donna che aveva difeso gli interessi comuni in maniera così efficace: Dariya.

Il tribunale condannò Colombani a un anno e otto mesi di reclusione con la condizionale e comminò la stessa pena ai suoi due più stretti collaboratori, Jacques Renard e Federica Tosi. In aggiunta, la Teltronica venne condannata a versare cinquecentomila euro di risarcimenti e centomila euro di multa.

Gli avvocati di Colombani, Renard e Tosi avrebbero presentato subito un ricorso in appello. Colombani e Renard a ogni modo non avrebbero corso il rischio di scontare la pena, perché non sarebbero più tornati in Italia. Colombani venne messo definitivamente da parte dalla casa madre e iniziò anzitempo il suo periodo da pensionato con una forte dose di rabbia. Renard, già caduto in disgrazia per l'infamia dell'*affaire* con la minorenne, continuò a vivere come un topo. Tosi venne licenziata dalla Teltronica e dovette penare molto prima di ritrovare un incarico in un'altra azienda, a livello tuttavia inferiore.

Il direttivo dell'UPT festeggiò a pranzo insieme all'ospite Renè Morel. Nel pomeriggio Gianluca e Malika lo portarono a spasso nel centro di Milano e i tre cenarono insieme in un localino in zona Brera. Trascorsero una serata intensa e si immersero in una conversazione lunga e feconda. Quando uscirono dal locale la strada era ancora piena di gente. Il buon umore del giorno era mutato in frizzante allegria e René chiese agli altri se conoscessero il canto *Liberté* di Paul Eluard. Malika disse di sì, Gianluca rispose che ne aveva solo sentito parlare. René propose allora a Malika di insegnarne alcune strofe a Gianluca, per poi cantarle insieme. Una decina di minuti dopo un terzetto inedito si esibì in una piazzetta lì vicino:

Sur mes cahiers d'écolier	*Sui miei quaderni di scuola*
Sur mon pupitre et les arbres	*Sul mio banco e sugli alberi*
Sur le sable sur la neige	*Sulla sabbia e sulla neve*
J'écris ton nom	*Scrivo il tuo nome*
Sur les pages lues	*Su ogni pagina che ho letto*
Sur toutes les pages blanches	*Su ogni pagina bianca*
Pierre sang papier ou cendre	*Pietra sangue carta o cenere*
J'écris ton nom	*Scrivo il tuo nome*

...

Et par le pouvoir d'un mot	*E in virtù d'una parola*
Je recommence ma vie	*Ricomincio la mia vita*
Je suis né pour te connaître	*Sono nato per conoscerti*
Pour te nommer	*Per chiamarti*
LIBERTÉ	*LIBERTÀ*

L'indomani Gianluca accompagnò René in Stazione Centrale e salutò con un caloroso abbraccio quello che ormai era diventato un amico.

Nel tragitto in metropolitana fino all'azienda una miriade di pensieri attraversò la mente di Gianluca. Arrivato in sede, fu sopraffatto dall'ampiezza delle manifestazioni di simpatia nei suoi confronti: tutti gli sorridevano, lo salutavano per nome, tanti lo ringraziavano e venivano a stringergli la mano. Si immerse nella sensazione di piacere che la popolarità, quando è popolarità positiva, dona a una persona.

E di converso, lui vedeva i suoi colleghi per quello che veramente erano, al di là delle maschere esterne e dei difetti superficiali di ciascuno, e comprendeva le loro sofferenze, debolezze e soddisfazioni. Gli piacevano quasi tutti. Anzi, provava un affetto sincero per loro.

LE ILLUSTRAZIONI

Quadro: *It sleeps, or maybe not*
(in quarta di copertina)

Le regole dettate dalla società, l'arrivismo e l'importanza dello status symbol sono tutti aspetti che dominano le società odierne.
In questa raccolta di racconti, la programmazione e le etichette determinano la vita dei personaggi di una realtà simulata, esprimendo una forma velata di esistenzialismo.
L'immagine emblematica di New York esprime l'apoteosi di un mondo organizzato e programmato che però non è dormiente come potrebbe sembrare a prima vista bensì sempre attento agli spunti offerti dalla vita. Come i personaggi dei racconti sempre pronti a compiere una metamorfosi, rimettersi in discussione o più precisamente avviarsi verso il risveglio consapevole.

Quadro: *Simulated reality*
(qui a fianco)

Il quadro comprende scene tratte dai racconti i cui elementi comuni sono il disagio di vivere espresso in una forma velata di esistenzialismo. I personaggi si muovono in una giungla, elemento costante del quadro, nel disperato tentativo di trovare un equilibrio fra la vera natura del proprio animo e gli schemi imposti dal mondo organizzato.

Testo e immagini di ***Samantha D'Angelo***

RINGRAZIAMENTI

Dedico il primo pensiero a mia moglie ***Christine*** e ai miei figli ***Adriano***, ***Laura***, ***Marco*** e ***Sophie***, fonte continua di serenità, equilibrio, stimoli e dinamismo.

Ringrazio i familiari, amici e conoscenti che mi hanno offerto atomi di realtà significativi delle loro vite, fonte di ispirazione per alcuni passaggi delle mie storie. Una menzione particolare va alla guida naturalistica dell'Etna ***Marco Di Bella***, i cui aneddoti e spiegazioni hanno ispirato il racconto breve *Sull'Etna*.

Dedico un ringraziamento speciale alla mia editor ***Ambra Rondinelli***, che mi ha accompagnato in questa avventura dando un contributo decisivo al valore e all'incisività dei testi. Ambra, vorrei averti al mio fianco anche nelle prossime avventure letterarie che ho intenzione di affrontare.

L'immagine di quarta di copertina e l'immagine a pagina 152 sono opera della mia amica ***Samantha D'Angelo***: grazie, Samantha, per aver impreziosito graficamente il volume. Le foto dei due quadri sono di ***Stefano Simonini.***

Sono profondamente grato all'editore ***Ettore Barra*** per aver dato fiducia a un autore esordiente quale sono e aver dunque permesso la pubblicazione di questa opera.

Ringrazio ***Lorena Caccamo*** per il suo preciso lavoro di revisione, grazie al quale il testo ha assunto la sua forma definitiva.

Rivolgo infine la mia gratitudine a tutti i lettori che vorranno condividere con me le riflessioni e le emozioni che la lettura di questi racconti avrà suscitato in loro.

Con tutti voi prendo un impegno personale: questo primo capitolo della mia attività di autore avrà un seguito, ovvero, in una sola parola: *continua*.

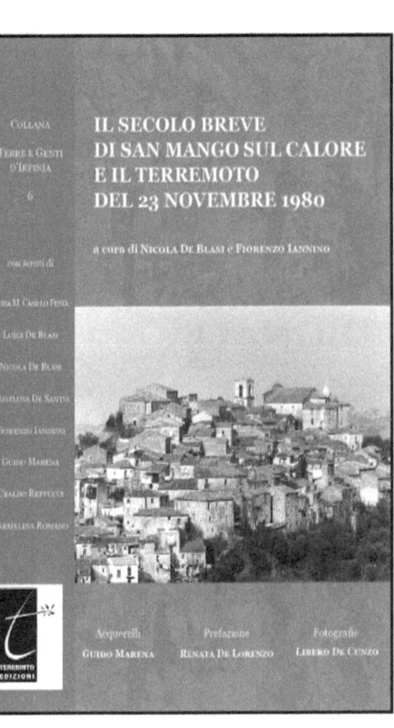

IL SECOLO BREVE DI SAN MANGO SUL CALORE E IL TERREMOTO DEL 23 NOVEMBRE 1980

a cura di Nicola De Blasi, Fiorenzo Iannino

2020, pp. 256, € 18,00

FRANCESCO SCANDONE

Biografia intellettuale e storico-critica

di Mario Garofalo

2020, pp. 128, € 12,00

ANTONIO GRAMSCI
IL MERIDIONALE

a cura di Giuseppe Iuliano, Paolo Saggese

2021, pp. 128, € 15,00

IL TACCUINO DEL DIAVOLO

di Mario Gabriele Giordano

2020, pp. 160, € 15,00

www.ingramcontent.com/pod-product-compliance
Ingram Content Group UK Ltd.
Pitfield, Milton Keynes, MK11 3LW, UK
UKHW042018190726
13854UKWH00005B/2341